今昔百鬼拾遺　天狗

◎天狗

◎天狗

——畫圖百鬼夜行／陰　鳥山石燕／安永五年

（前略）山に對する信仰・神祕觀の一現象には違いないが、山だけに住んだ實在の特殊な人間を、里の人が誤認した經驗も天狗譚には含まれているかと思われる。山中で大木を伐り倒す怪音（天狗倒シ）・天狗笑ヒ・天狗ツブテなどの幻覺の例は今も各地に信じられている。天狗が子供をさらい、神隠しにする話は中世以前の鷲、その後の鬼につづいて近世甚だ廣く語られるようになつた。

——民俗學辭典　柳田國男監修／昭和二十六年

1

「高慢だとお思いになったでしょう」

いいのですその通りですからとお嬢様は云った。

お嬢様である。

どう観てもお嬢様だと、呉美由紀(くれみゆき)は思う。

美由紀は漁師の孫である。父は漁師を辞めて小さな水産会社を経営しているが、業態が株式会社になったと云うこと、父本人が漁に出なくなったと云うこと以外、別段違いは感じない。漁師時代と生活が変わったと云う実感はない。だから自分は社長の娘ではなく、元漁師の子で漁師の孫だと美由紀は思っている。

漁師になりたいとは思わないけれど、性質として美由紀は漁師属性を持っていると思う。社長令嬢なんかではない。

それなのに、両親はかなり背伸びをして、美由紀を全寮制のお嬢様学校に入学させたのだった。

でも結局美由紀は変わらなかった。

その学院は、刑事事件に巻き込まれ、人死にまで出し、醜聞と汚濁に塗れて閉校したのであった。

美由紀が変わる前に。

これで窮屈な暮らしとは縁が切れるかと清清したのだったが、世の中と云うのは儘ならないもので、親切なお金持ちのお節介のお蔭で美由紀はまたもや全寮制の女学校に転入することになってしまったのだった。

漁師の孫が良かったのに。

だから、相も変わらず美由紀の身の周りには女学生女学生した女学生達が掃いて捨てる程にいて、それぞれが幼い自尊心やら叶う筈のない夢やら美しい毎日やらを身に纏って、馴れ合ったり競い合ったり助け合ったり啀み合ったりしている訳であり、彼女達は各々がそれなりのお嬢様ではあるのだろうけれど、それでも目の前にいるこのお嬢様に較べればまるでお嬢様たり得ていないように思う。

彼女達がお嬢様のなり損ないにしか見えなくなって来る。

そんな風に云うと学友達に失礼な気もするが——彼女達もまあお嬢様ではあるのだろうけれど、何と云うか、その、お嬢様としての年季が違うのである。

このお嬢様は、筋金入りだ。

代議士の一人娘で、乗馬薙刀、お茶にお華を習得しており、趣味はオペラ鑑賞に洋菓子作り、三箇国語を自在に操ると云う国際派の才媛、お嬢様とは斯あるべしと云わんばかりの、ズバリ深窓の令嬢なのだった。

名を篠村美弥子と云う。

年齢は二十歳だそうだが、もっと若く見える。何をするにしても自信たっぷりに見えるし、それでいて溌剌としている。その所為かもしれない。

見た目——と云うか、顔立ちも髪形も身に着けているものも、何もかも、お嬢様以外の何ものでもない。立ち居振る舞い物腰口調、何処を取っても、もう完全無欠のお嬢様なので、美由紀もお嬢様と呼びそうになった程である。

ただ、このお嬢様はお嬢様ではあるのだが、ただのお嬢様ではないようだった。

その証拠がこの危機的現状である。

美由紀と篠村美弥子は——。

軽く遭難していた。

「美由紀さん」

「何でしょうか」

「高慢だと思われたなら、そう云ってくださって結構なのよ。わたくしは自分が鼻持ちならない高慢ちきな女だと自覚していますから。否定しようがないもの。直せないとも思うし」

「別にそうも思いませんけど」

「でも、今、貴女(あなた)に命令するようなことを云いましたでしょう。云ってから気付いて嫌になりましたの」

　身分だの家柄だのは横に除けておくとしても、齢上(としうえ)なのだし、それで普通な気もする。そう云うと、それは違いますわと美弥子は云った。

「齢上と云っても高高(たかだか)四五歳です。敬われる程の差はありませんわ。貴女だって保護せねばならぬ程、幼くはないでしょう」

　まあ、中身は兎(と)も角(かく)、態(なり)は大きい。

「なら、対等であるべきです。わたくしは貴女に対してもきちんと敬意を払うべきでしょうし、貴女もわたくしの行いが宜しくないと感じたなら指摘し、時に糾弾すべきです。正せるならば正します。ただ」

高飛車なもの云いは直りませんと美弥子は云った。

「沁み付いてしまったようですわ。ご免なさいね」

「いや」

まるで気になっていないと答えた。

学友達の喋り方は、時に可愛らしいと思うこともあるのだが、聞いていて苛つくこともある。

堂に入っていない所為だろう。彼女達は一所懸命にお嬢様の真似ごとをしているのである。そうでなければ成りかけなのだ。それでも一端の口は利く訳で、だから精一杯頑張っているなあとでも思えれば可愛くも感じられるのだが、度を越せば何を生意気なと思ってしまうのだろう。

そう云うものなのだ。

だが美弥子の場合はそうではない。気が強いのか捌けているのか、寧ろ清清しく感じる程である。この人はこう云う人なのだろうし、装いはどうであれ、芯にあるのは何かもっと豪快な姿なのだと云う気がするからだ。そうでなければ——。

このような状況になることはない。

やっぱり火なんか点きませんよと美由紀は云った。

「そう。こんなに燃すものがあると云うのに癪に障りますわね。あ、貴女が悪いと云うことではないの。燐寸くらい持って来るべきだったと云う、これは自戒です」

何だか知らないが、美由紀は乾燥した枯れ木同士の摩擦に依って火を熾す試みとやらをさせられていたのだ。一筋の煙さえ出なかった。

素人考えでしたわと美弥子は云った。

「そんな簡単なものではないのね。実際わたくし、自らのもの知らず世間知らずを大いに恥じます。日日後悔しない生き方を心掛けているのですけれど、でも改めるべきところは改め、恥じるべき行いは恥じるべきですわね」

「はあ」

山中で道に迷い壙に堕ちた上に足を挫き出られぬままに日暮れを迎えようとしている最中に述懐するようなこととも思えないのだが、そこはまあいいようにも思う。

きゃあきゃあ泣いて叫ばれても困る。

その辺が学友達と違うところなのだ。多分これが女学校の生徒達だったなら、助けて助けてと泣き喚いていたことだろう。

ただ、現状に於ては二人で大声でも出していた方が救かる確率は上がるようにも思うが。美由紀もどうやら悲鳴を上げるのは不得意なようである。

「秋口とは云え、陽が落ちれば気温は下るでしょうし――烽火のように煙を立ち昇らせれば良いかとも思ったんだけれど、浅智恵ね。夜になってしまえば煙は見えませんし、ここは窪んでいるから、もしかしたら一酸化炭素中毒になってしまうかもしれないですわね」

「もの知らずとも世間知らずとも思えませんけど」

美由紀がそう云うと美弥子はそれは貴女の心得違いですと返した。

「わたくしは先ず、山を嘗めておりました。登山家が入念な準備をしてから挑むような高峰と違って、都心からも程近く、ケーブルカーも引かれていて、毎年何万もの人が参拝のために登る山と云うことで、甘くみていたのです。山に謝らなくてはいけませんわね」

「山に――ですか」

高尾山である。

「ええ。日帰りも可能で登山者も多いと云うことから、ハイキングのような気軽さを持っていたの。多摩丘陵の延長程度の認識だったのでしょう。でも、この山は秩父山地に連なる歴とした山です。古くは修験者の修行の場でもあった訳ですから、険しくない筈もないのです。しかもこの森の深さと云ったら――」

美弥子は何故か笑顔になって上方を仰ぎ見た。上にも天はない。鬱蒼とした樹樹の切れ間に、既に翳りつつある秋の寒空がちらちら覗くだけである。

「古くは北条氏照が伐採を禁じ、そして幕府直轄地として護られ、今も尚、行政に依って保護されているこの森は素晴しいものよ。わたくし、植物学者の牧野富太郎博士にお会いしたことがあるのだけれど、博士はお若い頃、この高尾山の森で様様な新種の植物を発見されたのだと仰っていました。それだけこの森が外界から孤立していたと云うことです」

お身体を悪くされたと聞きましたけれど大丈夫かしらと美弥子は云った。

「誰がですか？」

「牧野博士です。ご高齢なので心配」

いや――そうかもしれないけれど、他人の心配をしていられる状況じゃないとは強く思う。それに、どう聞いても美弥子は能くものを知っているし、世間も広い。

そう云ったのだが、一笑に付されてしまった。

「冗談じゃなくってよ。ものを識っている人間がどうしてこんな目に遭いますか。しかも、貴女のような、関係のない前途ある女性を巻き込むなんて、言語道断だわ。配慮が足りないのです。そこは充分に自覚しています」

　そもそも。

　ことの発端は先週の日曜日に遡る。

　美由紀はその日、神田神保町にある薔薇十字探偵社を訪れた。調査の依頼ではなく、単に挨拶に行っただけである。

　薔薇十字探偵社の探偵である榎木津礼二郎とは、昨年の春に知り合っている。榎木津と、そしてその友人である中禅寺秋彦が、美由紀の通っていた学院を覆った霧を晴らしてくれたのだ。

　今年の春、美由紀は世間を騒がせた昭和の辻斬り事件に関わってしまった。その際に、中禅寺の妹である雑誌記者の敦子と知り合った。

　敦子とはそれ以降親しくさせて貰っている。そうした経緯もあり、中禅寺の処には一度挨拶に行っている。

　ただ、榎木津には会えていない。榎木津と云う人はかなり奇矯な人物で、もしかしたら美由紀のことなど覚えていない可能性もあるし——と、云うか八割方覚えていないだろうと云うのが榎木津を知る者達の見解なのだが——また美由紀の方にも別に会わねばならぬような義理も負い目もなかったのだが、取り敢えず礼ぐらいは云っておきたいと思っていたのだ。

美由紀は、夏休み中にも騒動に巻き込まれている。変死体の第一発見者になってしまったのである。その際も美由紀は中禅寺敦子に随分と世話になったのだが——その騒動の渦中、美由紀は榎木津の助手である益田龍一と再会したのだった。その際にあれこれと聞いて、そのうちに挨拶に行きますと告げた。

そのうちなどと云う云い様は、まあ、かなりいい加減な云い様なのであって、日取りを決めた訳でもなく、約束と云う程のこともなかった訳だが、行きたくないと云う訳ではなかったから、都合がつけば顔を出そうと考えていたのだ。

十月十七日、美由紀は上野に行った。

東京国立博物館のルーブル美術展を観に行ったのだ。

別に西洋美術に造詣が深いなんてことはない。好きな訳でもなかった。それ以前に絵画自体を目にすることがない。前の学校に何とか云う立派な画家の模写だかが飾ってあったのだが、ご多分に漏れずそれは怪談めいた噂話を纏ったものであり、だからそう云う色眼鏡で観ていただけなのであって、純粋に芸術作品として眺めたことなどただの一度もなかった。

でも、まあ観たい気がしたのだ。

芸術を鑑賞することで何か新しい世界が啓けるだろうなどと考えた訳ではない。

興味半分、あとは話の種になるだろうと云う打算だったように思う。

美由紀は、美由紀の周りを固めているお嬢様擬き(もどき)の級友達に対して提供出来るような話題を一つも持っていない。と、云うよりも彼女達が何を喜ぶのか考えるのが面倒臭いのだ。だから概ね、ハイハイと話を聞き、咬めるところで咬むだけだ。

でもまあ、ルーブルなら自発的に語ってもいいような気がしたのだった。

何の興味も示されない可能性もあるけれど、顔を顰(しか)められることも哀れみを受けることもないだろう。何しろ、天下のルーブル美術館である。仏蘭西(フランス)の芸術だ。保険金だけで一千万円だとか云う話を聞いた。

だが。

美由紀は観るのを止(や)めた。

見たこともないような——人出だったからである。

一体何処にこれ程の人間が潜(ひそ)んでいたものか。別に潜んでいた訳ではないのだろうが、まあ涌いて出たことは間違いない。それこそ黒山の人集り(ひとだかり)と云うか門前市(いち)を成すと云うか、あれ程大勢の人間と云うのを美由紀は見たことがなかった。

しかもぎゅうぎゅう詰めに並んでいる。

呆れた。

千葉の片田舎から東京に出て来て一年以上になるけれど、美由紀は東京と云う処を殆ど知らない。

全寮制の女学校で暮らしている以上、学校の外がどうなっていようと関係のないことである。阿弗利加にあろうと西伯利亜にあろうと、敷地の外に出さえしなければ大差はないのである。

顔を合わせる顔触れも人数も決まっている。

こんなにも多くの人類が涌いて出て来られると云うことは、もっと大勢の人類がそこここに潜んでいると云うことなのだろう。

そんな有り様は想像することも出来ない。

この──一人一人に人生があるのだ。悩みやら喜びやら悲しみやら楽しみが、人の数だけうじゃうじゃあるのだ。その想像は、もう美由紀の許容出来る範囲を遥かに超えたものだった。そしてその中の一人に混じってしまえば、もう美由紀なんかはいないに等しいではないか。

物怖じするとは正にこのことである。

美由紀は早早に上野を後にした。で。

博物館に背を向けた途端、美由紀は何だか癪に障って、帰るのが嫌になった。無駄だと思った訳ではない。人生に無駄なんかない。どんな経験でも何かの糧にはなる訳で、楽しかろうが腹立たしかろうが徒労と云うのはないのだと美由紀は思っている。

癪に障ったのは、単に物量に圧倒されてすごすご背を向けた、己の覚悟のなさに対してである。

こんなに混んでいるのは嫌だと思ったから止めた――と云うのなら、それは己の考えに沿った判断であり行動、と云うことになる。しかし美由紀は嫌だと思ったのではなく、嫌になる前に挫けただけなのだ。

人混みに果敢に分け入って行くだけの度量も、順番が来るまで凝乎と待ち続ける忍耐力も、それらを担保するだろう強く高い目的意識も、揃って欠如している。

こうしたことは勝ち負けではないのだろうから、負けて悔しいなどとは思わないけれど、それでいて敗北感に似たものだけは感じてしまう。そこのところが釈然としなかった訳である。

と――云う訳で、美由紀は熟慮の末に神保町に向ったのだ。序でですらない。ロクな理由ではなかったと思う。

神保町は学生の街で、且つ古書の街だと聞いていた。

慥かに角帽を被った大学生らしい姿の人が目立つ。本屋も多い。町全体に、インクや紙の匂いが沁み付いているような感じもしないではない。

暫くすずらん通りを彷徨して——要は道が能く判らなくて迷っていたようなものなのだが——雰囲気だけでも独り立ちしたような気分になった頃、新しいんだか古めかしいんだか判らない建物が目に留まった。

それが榎木津ビルヂングだった。

テーラーの脇の入り口から裡に入ると薄暗いロビーのような空間で、正面に石造りの階段があった。

ひんやりしていた。残暑も一段落して過ごし易い季節になったものだと思っていたのだが、外気はそれなりに暖かかったのだと知った。

己が石の段を踏むその音を聞いて、美由紀は去年の春まで通っていた学院のことを思い出した。学校は石で出来ていて、迚も冷たかった。そして石の床や壁や天井は凡てを撥ね返した。でも、ここは。

——ここはどうだろう。

いや、ここは違うと美由紀は思った。素材は同じだがこのビルは学校とは違う。

理由は——明白だった。微妙に煩瑣い。落ち着かない。階上から何やら声が漏れ聞こえている。前にいた学院は、笑うことも鼻歌を唄うことすらも禁じられていた。無音だったから自分が発する音が自分に撥ね返って来ていたのだ。

——何だろうこの喧騒は。

探偵事務所は三階だと聞いていた。二階を超すと声は益々瞭然聞こえるようになった。女声である。間にもごもごと聞き取り難い声が雑じるのだが、こちらは男声のようだった。

薔薇十字探偵社と記された扉があった。

どう云うことですかと云う女の声が扉の中から聞こえて来る。怒鳴っているのではないのだが、口跡が良く聞き取り易い。その上に能く響く声音なのである。

暫し戸惑ったが、ここで引き返したのでは上野に続く二連敗である。いや、繰り返すけれど勝ち負けではない。自分に負けたなどと云うくだらない修辞は大嫌いだ。独り相撲に勝ち負けはない。それは最初から無為だと云う比喩だろう。

ただ、美由紀は勝負してもいないのに負けたような気になる自分が残念に思えるだけである。その残念をこんな短い間に二度も繰り返すのは如何なものか。

美由紀は扉を開けた。

カランと鐘が鳴った。

真正面に、萎縮して前髪を垂らした探偵助手の益田の姿が見えた。益田は顔を上げ前髪を掻き上げて、あッと声を発した。

「み、美由紀ちゃんッ」

「誰ですって？」

益田の正面に座っていた女性が振り返った。

それが――。

美弥子だった。

美由紀は会釈して、お取り込み中でしたかと云った。益田はいやいや良いところにと軽薄な調子で云った。

「益田さん。良いところと云うのはどう受け止めれば宜しいのでしょう。わたくしとのお話は未だ終わっていないと思うのですが。それともこちらの女性が交渉してくださるのでしょうか。見た目で判断するのは宜しくないのでしょうけれど、未だお若いようですし、制服を着ていらっしゃるところからも女学生とお見受けしますが――探偵社に関わりのある方なのですか」

見た目のまんまの女学生ですと美由紀は云った。

「呉と云います。探偵さんと面識はありますが関係者ではありません。その益田さんとも、ちゃん付けで呼ばれる程親しい間柄ではありません。今日はご挨拶に寄っただけですから、お客様のご用の済むまで待っていますし、何なら出直します」

「呉さん」

貴女の態度は大変に好ましいですわねとその人は云った。

「出直す必要はありません。こちらにお掛けなさい。わたくしは篠村美弥子と云いますの。無職よ」

無職――と、わざわざ云うか。

美由紀は美弥子の指示通り隣に座った。

どうなっているのかまるで判らなかったが、少なくとも卑屈そうな益田よりも堂堂としている美弥子の方に従うべきだろうと思ったのだ。

「扠(さて)、呉さんをお待たせするのも何ですから、早くわたくしの用件を済ませてしまいたいのですが」

益田は恨みがましい目で美由紀を見てから、もごもごと話し出した。

「早く終わらせたいのは大賛成ですが、しかしですね篠村さん、何度仰(おっしゃ)られても無理なものは無理でありまして――」

「ですから何故、とお尋ねしています。わたくしは榎木津さんにお願いしたいと申し上げています」

益田は泣きそうな顔になった。

「あのですね、まあ、僕は見た目が卑怯そうですし、ひ弱で卑屈ですから、そんなに信用ないとは思いますが、これでも去年の正月までは国家地方警察の刑事やってたんです」

「だから何です？」

「いや、人捜しは得意です。亀でも豪猪でも捜します。捜し出します。失せ物でも何でも見付けます。見付けますとも。浮気調査も身元調査も任しとけ、ってな具合ですよ。任せてください」

「解らない人ね」

「解らん――ですかなあ」

「わたくしは、榎木津礼二郎様にお仕事を依頼したいと申し上げているんです。最初から幾度も。重ねて繰り返し」

「はあ、ですから弊社に於て、そうした案件の担当は私め、と云う決まりでして」

「その決まりごとは何方がお決めになりましたの？」

「は——はあ、まあ済し崩しと申しますか已むを得ずと申しますか、いつの間にかと云いますか」

「そう云う約款なり社則なりがある訳ではないのですね？」

「ない——んですけどねえ」

益田は益々肩を窄めて小さくなった。

「うちの先生はそうしたことは天地が引っ繰り返ってもしないんです。捜査とか調査とか、そうした行為自体を蔑んでおりましてですね。まあ、経過は無視です。結論だけの人なんです、あれは」

「結果だけで結構なんですけど」

益田は一度美由紀を見て、滑稽な程に眉尻を下げた。

「そりゃ無理ですって。あの人の遣り方は普通とは違ってですね——ああ、説明し難いんですけども、これ、アレですか、その一年前の事件の意趣返し——とかじゃないですよね？」

「は？　わたくしが何故こちらに意趣遺恨を持たねばなりませんの？」

「そりゃあ」

結婚の披露宴を滅茶苦茶にして破談にしちゃったんですよねと益田は云った。

一体何をしているのだろうこの人達は。

「感謝していますわ。皆さんが水際で止めてくださったから、わたくしはあんな下衆な最低男と添わずに済んだのですから。女性を見下し、同性愛者を差別し、親の権力を笠に着て暴戻に振る舞うだけの無能な屑でした。わたくし、あの後、あの馬鹿男の被害者の早苗さんと交流を持っていますのよ。赤ちゃんが可愛いんですの」

「あ、赤子はここにも来ました。いや、あの事件だって大方は僕が調べ上げたんですよ、自慢じゃないですが。無頼漢の巣窟に潜入したりして。ですから」

僕じゃ駄目ですかと益田は顔を上げた。

「駄目です」

間髪を容れずに美弥子は拒んだ。

「調べたのは貴方かもしれませんけど、解決なさったのは榎木津さんと果心居士さんでしょう。わたくし、今回の件に関しては調査して欲しいのではなく解決して戴きたいんです」

益田は頭を掻き毟った。

「無理ですよ」

「あの」

美由紀は小さく手を上げた。

「ご本人に直接尋いてみればいいんじゃないんですか？」

何だか判らないけれど堂堂巡りのようなので、そう云ってみた。

「榎木津さんって、訳判らないですけど、間違わないですよね？」

「それは、僕の方は云ってることは能く判るけども間違っていると云う意味かな、美由紀ちゃ——呉さん？」

そうですねと云った。

夏の騒動の時の益田が正にそうだったからである。益田の云うことはいちいち尤もではあったのだが、常に一言多いし、あまり役に立ったとは思えない。悪人ではないし親切でもあるのだろうし、真面目なのだろうとも思うけれど。

「だから、ご本人に判断して貰えばいいんじゃないですか？　だって、本人が嫌だと云えばこちらの方もご納得されるんじゃないですか」

「呉さんの仰る通りです。榎木津さんご本人がお断りになられても喰い下がるような見苦しいことは致しませんわ。でも」

会わせてくださらないのですと、美弥子は云った。

「わたくしは居留守を疑っています」

「い――居留守ってあなた、そんな晦日の長屋じゃないんですから。本当に居ないんですって。富士山だか河口湖だか、あっちの方に行ってるんですよ。何しに行ったんだか知りませんけどね。そもそもいらっしゃるなんてこたァ知りませんから、隠れようもないでしょうに。ねえ、和寅さん、和寅さんってば」

益田は台所の方に声を掛けたが返事はなかった。

「まったくもう、いつまでお茶を淹れてるんだかあの人は――で、ですから」

「益田さんのお話は最初から弁明染みているのですわ。何も尋いていませんのにぺらぺら饒舌にお話しになるし、何か一言申し上げる度、即座に十言も二十言もお返しになるし、何より挙動が不審ですわ。何かお隠しになっているように思えて仕様がないのですけれど」

「そ」

それは僕が小心者だからですッと益田は泣き顔で云った。

「だってあなた、いきなり篠村代議士のお嬢様がお出でになってですな」

「父の社会的地位とわたくしの訪問は何の関係もございません。代議士だか何だか知りませんけれど、わたくしにとって父は迷信に凝り固まった子供っぽい中年男に過ぎませんわ」

「そ、そうですけど。うちの榎木津探偵もそう云うことを能く云いますけどね。でも仮令誰であってもですな、お客様はお客様なんですから、何か失礼があっちゃいかんと思うでしょう。そうすれば云わんで良いことも云います。ご機嫌を損ねるようなことになってはいかんと思ってしまいますよ、僕ァ小者なんですから。ですから必死で座持ちしてるだけで」

「用件がすぐに通るなら座持ちの必要はございませんわ」

美弥子はそう云うと正にすっくと立ち上がった。そしてつかつかと足を鳴らし乍ら窓を背にして設えられている大きな机の方に移動し、その裏側を確認した。子供でもあるまいにそんな処には隠れないだろうと普通は思うが、こと榎木津に関しては油断がならないと云うことだろう。

机の上には探偵と云う文字が記された三角錐が置いてある。巫山戯ている。

美弥子はそのまま奥まった台所のような処を覗いた。ひいと云う声が聞こえた。

それから美弥子は扉と云う扉を開け、家捜しでもするように裡を確認し始めた。

益田は前屈みになって、

「あそこまでやりますかねえ」

と小声で云った。

「ま、時と場合に拠っちゃ居留守の時もあるし、能く疑われもしますけどねえ。でもまあ借金取りじゃないんだし、榎木津さんだって犯罪者じゃないですからね、覗かんでしょうよ部屋。概ね腹芸は通じるもんで――ああ、榎木津さんの寝室まで覗いてますよ。あそこは魔窟なんですよ。あの人衣類を畳まないから。趣味の悪い変な服を沢山持ってるし」

本当にいないようですわねと、美弥子は云った。

「疑ったことに関しては謝罪致します。でも貴方の態度は感心致しません」

「僕も感心してませんよ自分に。別に悪いことしてないですけど謝りたいです。どうもすいません」

では帰りますと美弥子は云った。

美由紀も、じゃあ私もと云った。

美由紀は榎木津に挨拶に来たのであるから、不在なのであれば用はない。益田には夏に会ったばかりである。

「いや、美由紀ちゃ――呉さんまで帰るこたぁないじゃないですか。来たばっかじゃないですか」

「益田さんには用もないので」

それでは一緒に参りましょうと美弥子は云った。

「お茶でも一緒に如何かしら——」

美弥子は気高く微笑んで、上品な口調でそう云った。

と、云う——。

偶然と適当と無策と無為が無駄に重なったような出来ごとが、美由紀と美弥子が出逢う経緯だった訳である。

来た時は全く気付かなかったが、榎木津ビルヂングの前の道には黒塗りの自動車が横付けになっていた。美弥子の姿を確認するや鹿爪らしい恰好の男が素早く運転席から降りて後部座席の扉を開けた。

何だか凄いと思った。

「こちらの方と銀座に行きます」

美弥子はそう云うと車に乗り込み、美由紀を招き入れた。

初めて——車に乗った。いや、初めてではないのだけれど、警察車両で送って貰ったりするのとはまるで違っていた訳で。

何とか云うパーラーの小洒落た席に就いて、真正面から美由紀は美弥子の顔と云うか佇まいを、漸く見た。

顔が小さい。色が白い。切れ長の一重と小振りな鼻と、文字通り蕾のような唇が愛くるしい。髪の毛一本一本が艶があって細くて真っ直ぐで、それが揃って揺れるのが何より綺麗で、見蕩れてしまう。一体何をどうやったらこんなに行儀の良い毛になるものか。

着ているものは——高価そうだった。その高級さを云い表わす語彙を美由紀は持っていない。何と呼ぶのかも知らない。

「ご覧になったでしょう、先程。わたくしは、高飛車で鼻持ちならない態度を取る女なのですわ」

美弥子はそう云った。

「それは仕方がないのです。わたくしはそう云う風に出来上ってしまいました。育った環境の所為もあるのでしょうけど、それだけではありませんわ。わたくしと同じような境遇のお友達も大勢いらっしゃいますけど、皆さんもっと謙虚だったり、奥床しかったりしますから。ですから、わたくしのこの性質は、環境によって定められた属性とは無関係なのですわ」

「それは」

お嬢様ではない、と云うことか。

遠回しにそう云うと、美弥子はケタケタと豪快に笑った。

それでも品格が損なわれないのだから、まあお嬢様なのだろう。

「わたくしの尊大な態度をしてお嬢様を規定したりすると、他のお嬢様に失礼になります。わたくし、境遇としてはお嬢様なのかもしれませんけれど、お嬢様そのものではなくってよ」

わたくしはわたくしですから——と美弥子は云った。

まあ、それはそうだろう。美由紀は美由紀なのだし。

美由紀は間違いなく人間だが、人間は美由紀だと云うことではない訳で。

「まあ、でもお嬢様の一種ではありますよね？」

そう云うと美弥子は眼を見開いた。

「一種？　そう、一種ではありますわ。ただわたくしの、このあまり他の方方に好ましく思われない振舞(ふるまい)は、家柄や経済的事情と云う環境に因って築かれたものではありませんし、況(まし)てや、男だ女だと云う性的な差異に起因するようなものでもないのですわ。勿論、成育環境が無関係とは云えないでしょうし、今のところ性差は替えようがありませんからお嬢様に分類されることに異議はございませんけど、お嬢様だからこの性格と云うのは肯定出来ません」

「そうですよね。私も能く、女らしくしろとか、齢相応にしろとか謂われますけど――私、元元女で学生ですから。普通にしていても女で学生なんですよね。何かそれっぽいものを演じなくちゃいけないのかなと思うこともありますけど、出来ないもんは出来ないし。だからこう云う種類の女学生もいるんだぞ、みたいな、何と云うか、開き直ると云うか」

異端視されませんかと美弥子は問うた。

「イタン？　あ、まあ、孤立したり攻撃されたりもしますけど、それもまあ仕方ないのかなと思います。こっちは敵意なんかないんですけど、迎合が下手なんで」

そこなのよと美弥子は云う。

「貴女、矢っ張り見所がありますわ、呉さん。わたくし、何が嫌いって迎合するのが大嫌いなんです！」

「はあ」

「あの探偵助手はすぐに迎合しようとするので苦手なのです。あの人はご自身も認める小心者のようですから、悪意をお持ちではないのでしょう。でも人に依っては迎合する姿勢を見せつつ、内心で相手を小馬鹿にしているようなこともありますから」

「まあ、そうですね」

美由紀もそう思うことは多い。

「正正堂堂戦いを挑まれれば粉砕して差し上げますのに。表向きだけ迎合するような姿勢を取られるのは嫌いです。しかもそう云う輩に限って、迎合している対象はわたくしそのものではなく、わたくしのお嬢様と云う属性だったり、代議士の娘と云う肩書きだったりするんですもの」

まあ、解らないではない。

「呉さんはその点、迚も好ましく感じたのですわ。これを機会に、お友達になって戴けます？」

まあ、嫌――ではない。寧ろその逆なのだが、はいと云うのもどうなのだろう。何だか図図しい気もする。美弥子程、自分に自信を持っていないからだ。大体、お嬢様の眼鏡に適った理由が判らない。

思い返すに、榎木津と初めて出会った時、驚いた美由紀はわあ、と云ったのであるが、きゃあと云わないのが好ましいと褒められた。

意味が判らない。

多分、美弥子も榎木津の同類なのだ。この手の人達は、何に感心するのか全く以て判らないのである。

この手の人達と云うのが果たしてどの手の人達なのか、その辺は非常に曖昧模糊としているのだけれど。

上流階級の人達——と、母などは能く口にする。まあ、身分制度はなくなったのだから、それは即ちお金持ちと云うことなのだと美由紀は思っていた。暮らしに困らない、生活にゆとりのある階層の人達、と云う意味なのだろうと理解していた。

でも。

熟々考えてみるに、美由紀も別に生活に困ったと云う記憶はない。まあ父も母も生活のために日日汗水垂らして労働に勤しんでいる訳で、美由紀の生活はその苦労と努力に依って成り立っている。そこは充分に承知している。遡れば祖父が魚を獲り続けてくれたからこそ美由紀の今はある。

それは尊ばれることでこそあれ卑下するようなことではない。だから美由紀は、自分は恵まれているのだと素直に思う。思うだけではなく実際恵まれているのだ。今の生活に一切不足はない。その生活を維持するために何か大きな犠牲を払ったと云うような事実もない。家族が散り散りになって路頭に迷っているなんてこともない。

そうなると、美由紀の現況は母が上流階級と呼ぶ人達のそれと、大差ない——とも考えられる。母もまた然りである。

なら何故に母は上流階級と云う呼び方で一部の人人を切り出し、自分達と分かつようなことをするのか。そして、羨んでいるのか蔑んでいるのか判らないような態度を取るのだろうか。

いやいや、自分が上流だと思う訳ではないのだけれど。

世の中には様様な人がいる。

本当に三度の食事も儘ならないと云う人達だっているだろう。

それは、外的要因で齎された理不尽な境遇である場合もあればそうでない場合もあるだろう。中には自己責任としか云いようのない困った場合もあるかもしれない。そこは人それぞれなのだろうけれど、簡単に不幸の二文字で片付けてしまうのはどうかと云う境遇の人達は多いのだと思う。

しかし、母はそうした人達のことを下流とは呼ばない。同情したり、時に手を差し伸べたりはする。怒ることもある。働かずに博奕ばかりして生活を破綻させた親戚を呼び付けて蜿蜿説教したこともあったらしい。

どうであれ、見下げるようなことはしない。母は怠惰には肚を立てるし悪事や犯罪は忌み嫌うけれども、貧困や不幸を蔑むようなことはしないし云わない。当然の在り方だろうと美由紀も思う。

ならば、母はそもそも自分達も下流のうちと考えているのだろうか。どうもそうではないようだ。まあ、どう考えたって伴侶は小さいとは云え会社の経営者で、娘も全寮制の学校に入学していて、下流と称するのも、逆の意味で烏滸（おこ）がましかろう。どうやら母は下流という概念を持っていないのだ。

でも、上流は何となく切り離す。

やっかみなのだろうか。働きもせずに楽をしているとでも思っているのだろうか。中にはそう云う人もいるのかもしれないが、母が上流として括った人達だってまるで働いていないと云う訳ではあるまい。苦労だってあるだろう。

生活に困っていない——と、楽をしている——は、違うのかもしれない。楽がしたいから生活に困るような人もいるのだろうし。生活には全く困っていないけれども全然楽じゃないと云う人だっているだろう。それ以前に、上流ではなく、下流と云う概念も持っていない母は、と云うか美由紀の家族の階級は、一体何なのか。中流と云うのがあるのか。

あるのかもしれない。

そんなことを立て続けに考えていると見たこともない綺羅綺羅（きらきら）した食べ物が出て来た。フルーツなんとかと云うものか。何とかア・ラ・モードだったかもしれない。

――いや。

駄菓子屋の軒先で酢烏賊を齧り乍ら蜜柑水を飲むのを好む美由紀なんかとは、矢張りかなり違うのだ、この人達は。

「ご遠慮なく」

と、云われてもまあ、多少なりとも引け目は感じてしまう。食べ慣れないと云う以前に値段が気になるし、先ずご馳走になる謂れがない。

「いいんです。わたくしも境遇は同じですから」

「は？」

「わたくし、現在就労していません。ですから収入はないんです。父に扶養されている訳ですから、これは父の奢り。貴女もわたくしも、そう云う意味では同じです」

余計に食べ難い。

「あの」

「わたくしもこの一年、色色と考えましたが、現在はこの境遇を謳歌する――いいえ利用することが義務のような気がしていますの。親許を離れて自活することも考えましたけれど、それが社会のためになるとも思えませんし、そんなことをしてみたところで精精自己満足でしょう。世のため人のためになる訳でもないのですわ」

考える時間があることを幸いとして考え付くまで考えますと美弥子は云った。

「いけないかしら?」

「いやあ。いけないことないんじゃないですか。能く判りませんけど。私も、未だ高等部の一年ですから、まあ後一年二年は考えてみるつもりですし」

「偉いですわ。考えなしにあれこれ決める人が多過ぎます。幾ら考えたって正解なんかないのでしょうけれど、だから考えなくていいと云うのは変よ」

「そう——ですね」

「わたくし、去年結婚する予定でしたの」

「あ」

さっき益田がしどろもどろになっていた事件か。

「披露宴を滅茶苦茶にされたとか云う?」

「最低なの」

それはもう道を歩けない程の恥をかきましたわと云って、美弥子はまたケタケタと笑った。そこは笑うところなんだ。

「貴女も——あの榎木津さんに関わりをお持ちと云うことは、相当変な体験をなさったの?　呉さん」

「変と云うか――」

美由紀は、ぽつぽつと掻い摘んで昨年春に起きた事件を語った。

あらそれは大事件じゃなくってと、美弥子は深刻そうに云った。

慥かに亡くなった人の数も多いし、世間も大いに騒いだから大事件ではある。

「まあ――」

美弥子は能の小面みたいな顔の形の良い眉を八の字にして、哀しそうに歪めた。

「貴女の方が、ずっと過酷な体験をしているではありませんか。強い人です。益々お友達になりたくなりました」

「買い被りじゃないですか？　私、背が高いだけの漁師の孫ですよ」

「わたくしも高慢なだけの代議士の娘ですもの。因みに、祖父は代書屋でした」

「はあ」

接と美弥子の顔を見た。

美弥子も美由紀を見ていたから、まるで睨めっこでもしているようになった。

双方同時に噴き出して、美由紀もケラケラと笑った。それですっかり吹っ切れてしまい、美由紀はフルーツ何とかを食べた。

そして――漸く美由紀は、美弥子が探偵社を訪れた理由を聞いたのだ。

美弥子の友人に、是枝美智栄と云う女性がいるのだそうだ。学校の同窓と云う説明だったが、いったいそれが小学校なのか高等学校なのかは判らなかった。

どうでも良いことなのだろう。

何とか云う会社の社長の娘——美弥子も社名は知らないようだった——で、ちょっぴり犬に似た可愛らしい人だったと云う。

その辺は能く解らない。

先ず顔が想像出来ない。

犬に似た人と云うのが判らない。他の友人達は美智栄さんとか美智さんと呼んでいたらしいが、美弥子だけは是ちゃんとかワンちゃんと呼んでいたらしい。

ワンちゃんはないと思うが。

是枝美智栄も、美弥子のことをナントカちゃんと呼んでいたようで——これは美由紀が聞き取れなかっただけだが——要するにかなり仲が良かったのだろう。

是枝美智栄は自然志向が強く、山歩きを趣味としていたそうである。

美弥子も幾度も誘われたと云う。

ただ、ハイキング程度なら付き合いもしたようだが、是枝の登山熱は徐徐に高まって行き、美弥子が付いて行くには難度が高くなり過ぎてしまったのだそうである。

美弥子は美弥子で乗馬だのお華だの忙しくしていたようだから、日程の調整も難しかったのだろう。そもそも本格的に登山をしようと思うなら、装備も必要になるし訓練も要るのである。是枝美智栄は美弥子にそこまでを強要することはなかったし、美弥子もそんなことをする気はなかったようである。

是枝美智栄は父の会社の登山同好会に教えを乞い、装備を調え、低い山から始めて経験を積んだ。

一年程でそこそこの山に登れるようになったそうである。

そこそこ、と云うのがどの程度の山のことなのか、美由紀には判らない。まるで知識がないのだ。尋いてみたが美弥子も能く知らないと云うことだった。

「何でしょう、慥か金時山とか、茶臼岳とか云っておりましたけど――それは神奈川や栃木の山ですわね？」

「判りません」

美由紀は地理が苦手である。

「最初は高尾山だったそうです」

「高尾山――は知っています。朧げに」

高尾山にはわたくしも行きましたと美弥子は云った。

是枝美智栄が登山にのめり込んだことで接触する機会自体は減ったものの、二人の関係そのものが疎になった訳ではなかったらしい。

美弥子と是枝美智栄は、月に一度くらいは会い、食事をしたり映画を観たりしていたと云う。

「時には——山歩きもご一緒することもありましたわ。尤も、高尾山が限界」

「一緒に登山なさったんですか？」

「登山——ではありませんわ。だって高尾山にはケーブルカーがあるの。お寺があるので参詣者も多いし、ご高齢の方もいらっしゃるからでしょう。ハイキングコースもありますの。ですから、初心者や、わたくしのような素人も行けます」

「はあ」

「ワンちゃんは、高い山へ登る計画を立てた時は、先ず高尾山に行くことにしていたようなの。練習と云うか、肩慣らしと云うか、初心忘るべからずと云う意味もあったようね。わたくしも——そうね、三回ばかりお付き合いしました。わたくし、山が好きと云うこともないのですけれど、清廉な自然の中に身を置くのは好ましいことだと思いますわ」

「私は海育ちですから、山には多少憧れます。気持好さそうな感じですよね」

「気持ちは好いですわ。でも、わたくしは本当のところは川の方が好きなのです。わたくしが憧れているのはアマゾン川なのですわ。いずれ必ず行こうと心に決めているのです――」

それは何処の川なのか。

返事をせずにぼおっとしていると、南米よと云われた。

「熱帯雨林の、世界一の大河よ。密林って素敵よね。あら、でもそれはこの件には無関係です。問題は、その高尾山」

近いのよと美弥子は云った。

「関東――なんですよね？」

「東京ですわ、多分。多摩と云うか、八王子と云うか、武蔵野と云うか――判らないかしら」

「千葉育ちなんで」

「中央本線浅川駅まで――一時間程度かしら。そこから少し歩いて、ケーブルカーで登るの。終点で降りると山の中腹ね。そこから山歩きのコースが幾つかあって、参詣にいらした方も少し歩くだけで間もなくお寺の門が見えて来ますから迚も楽。高尾山薬王院と云う、由緒ある名刹――だそうですわ」

「聞いたことだけはあります」

　覚えていた訳ではない。

「立派なお寺ですわ。山の上のお寺と聞きますと、お寺がぽつんとあるように思いがちですけど、神社のような建物や堂宇が点在しているのですね。お寺なのに鳥居があります。詳しいことは判りませんけど。尤も、わたくしは罰当(バチあ)たりな不信心者ですから、お参りをしたことはございませんのね。周りの名勝を歩くだけでした」

「景色がいいのですか」

「絶景奇景と云う印象こそありませんけれど、滝があったりはしますし、清浄な感じがして綺麗です。見所は寧ろ、豊かな植生ですわね」

　なる程。

　浮世離れと云う言葉がある。

　母の云うところの上流階級の人達なんかが、能(よ)くそう謂われる気がする。

　火事が発生した場合。

　まあ、大変だ、消さなくちゃ報せなくちゃ逃げなくちゃ――と、庶民なんかは思う訳だが、でもその手の人達は、何て綺麗な炎でしょう――などと感じ入ってしまったりする――ような印象がある。

勿論、印象である。

偏見と云ってもいいかもしれない。

この間知り合った学者だか研究者だか云う人は確実に浮世離れしていた。

こちらは、縦んば火事を見ても、風向きだとか湿度だとか燃えているものの材質だとかの方が気になるのだろうし、燃え方だの燃焼時間だの被害総額だのの方が先に頭に浮かぶような気がする。

でも。

浮世離れして見える人達は、別に現実と乖離していると云う訳ではないのだ。同じ現実を見ているのだが、見えているものが多少違うだけなのだろう。否——そう云う意味では同じものを見て同じように感じる人など、只の一人もいないのだ。皆、それぞれ違っている筈だ。

そうして考えてみると、大変だ、と消さなくちゃ——と、報せなくちゃ——と、逃げなくちゃ——は全部違う。同じようなことかもしれないが、違う。

庶民だとか上流だとか、そう云うことは関係なくて、要は人に依ると云うだけだ。

でも、まあ貴方と私はおんなじだと、どうしても思いたがる人は多いのだ。

同調することで安心するのだろう。

それは時に同調しろと云う強制にもなる。それが普通なんだお前も普通だろと彼等は云う。違うとなると、お前も普通になれ普通こそ正しいのだと押し付ける。拒否すると孤立する。

それだけのことかもしれない。お前は普通じゃないと云われてしまう。

普通なんかないのに。

浮世離れして見える人は、拒否する力を持つ人なのだ。財力でも学力でも何でもいいが、世間の同調圧力を退けるだけの何かを備え持っている人達がそう見えるだけなのだろう。

植生と云うのは、その土地にどんな種類の植物が生えているか——と云うことなのだろうが、美由紀は樹木の種類にも草の種類にも全く詳しくないから、見ても聞いても教えて貰っても珍紛漢(ちんぷんかん)である。

しょくせい、と云う語感から美由紀が思い浮かべたのは、そんなに食べられる草が生えているのかな——と云う、極めて間抜けな空想だった。食生と云う文字を思い描いたに違いない。完全に馬鹿である。

美由紀は一人で笑った。

「興味があるのかしら」

「ち――違います。ないこともないけど」

「わたくしは、一度目はケーブルカーの終点の高尾山駅付近をうろうろしただけでしたけど、二度目はケーブルカーを使わずに山麓から少しだけ登って、三度目は高尾山駅から山頂を目指しました。天辺までは行けませんでしたけれど」

疲れてしまいましたのと云って美弥子は笑った。

「あ――お嬢様だからなどと思われては困ります。わたくし、体力には自信がありますの。乗馬倶楽部では早駆けでも遠乗りでも一番です」

ひ弱な感じはしない。美弥子は小柄だけれど手脚は長いし、動きも緊緊としていて躍動的だ。細いけれど靭かそうで、強そうでもある。

「体力がなかったのではなくって、本気で登ろうとしていた訳ではなかったからですわ。実際、お年寄りでも山頂まで登られる方は沢山いらっしゃるし、道もあって、そんなに険しい訳ではないの。元旦のご来光を拝みに行かれる方もいるみたい。わたくし達、お互い会う機会が減ってしまったので話すことが沢山あって、山歩きよりもお喋りの方に身が入ってしまったのね」

美弥子は小首を傾げる。齢上の女性に抱く感想としては如何なものかとも思うけれども、可愛らしい。

「お話しするのが楽しくて、ペースも遅かったので——途中で陽が翳りそうになってしまったの。それで引き返したのです。日帰り登山の場合は、山頂で日没を迎えたりしては危険なのだそうですわ。日没後の下山はハイリスクなのよ。山は突然暗くなるし、季節に依っては冷え込むし、滑落したり迷ったりもしますわ」

「そうですよね」

「と——云うようなことは皆、ワンちゃんから聞いたの。ワンちゃん——是枝さんと云う人は、人一倍慎重な性格だったのですわ。登山同好会の皆さんにも聞きましたけど、どんな時にも無理はしないし、装備はいつも万全、危険を冒すようなことは絶対にしない——と云う評判でしたわ」

それが。

二箇月ばかり前のこと。

美弥子は是枝美智栄に四度目の高尾山行きに誘われたのだと云う。何でも、秋口に劔岳に登る計画があったようで、そのウオーミングアップだったらしい。

「お断りしたんです」

その日、美弥子は琴の合奏会があったのだそうだ。

何とも忙しいことだと思う。また、断る理由も優雅なものである。

「迚も残念でした。ワンちゃんは、じゃあ独りで行きますわ、と云って——以前にも野点の会とぶつかってしまったことがあったのだけど、その時もワンちゃんは中止しないで、独りで登ったんですわ。わたくしの方は単なるお友達とのお遊びですが、彼女の主眼はお喋りではなくて山歩きの方なのですから——当然ね」

「あの、単独では危険——と云うような場所ではないんですね？」

それはないですわと美弥子は答えた。

「勿論、ルートから外れたり、無茶な行動を執ったりするなら危険なのでしょうけれど、それは何処でも同じこと。そうしたことをしなければ、極めて安全な山だと思います。極端な軽装でない限りは、登山装備がなくても歩ける場所も多いですから。わたくしは常にそれっぽいだけの恰好でしたけど、ワンちゃんはちゃんとした登山スタイルで登っていました。独りで行くなら余計にきちんとされていたと思うわ」

でも。

是枝美智栄は戻らなかった。

行方不明になってしまったのである。

「行方不明って——遭難と云うことなんですか？」

判らないのと美弥子は云った。

「日帰りの筈が戻らなくて、ご家族は直ぐに警察に届けたようです」

警察の調べに依れば、是枝美智栄は間違いなくケーブルカーの高尾山駅までは行っている——らしい。

目撃者は多数いたようだ。その中には過去に何度か出会していて、顔見知りになっていた者もいたと云う。挨拶まで交わしたと云うのだから間違いないのだろう。

また是枝美智栄はケーブルカーの降り口付近にある茶屋で御不浄を借りている。店の者も名前こそ知らないが何度か見掛けた顔だったと証言していると云う。

その日、是枝美智栄は高尾山に行ってはいるのだ。

様様な証言を総合すると、彼女はケーブルカーを降りた辺り——霞台と云うらしい——から、琵琶滝と云う瀑布のある方に向ったようである。

ただ、滝には行かず、通り越している。そこから先は能く判らない。

滝へ通じるポイントを越し、ぐるりと中腹を一周すると云うルートは、特に変わったものではないのだと云う。その経路を行った場合、三十分から四十分程で元の場所に戻るのだと云う。高低差も余りないから歩き易いし、南陵と北陵の両方の森を巡ることになるため、美弥子の云う植生の違いが瞭然と判る、植物好きには良いコースであると云う。

「その路を歩いていた人はいないのでしょうか？」

「いたようなんですけれど、能く判らないみたいなのです。山中では、見知らぬ人であっても擦れ違う時に挨拶したりするようなのね。だから比較的覚えているものらしいけれど、滝へ通じる分岐地点を越した辺りから、ワンちゃんを目撃した人はいなくなってしまうの」

「え？　真逆、それ」

滝――ですわよねと美弥子は云った。

「警察もそう考えたみたい。事故か自殺の線ですわね。でも、それはなかったようですわ。どうやら、滝へは行っていないの。断定は出来ないけれど、縦んば行っていたとしても、先ず以てそこは事故が起きるような処ではないんです。華厳の滝みたいな滝ではないのですわ」

「滝壺が深くないとか？」

「と――云うよりも、そこは修行の場なので、滝そのものには近寄れないの。しかもその日、琵琶滝には修行されてる方がいたようなんです」

滝に打たれて修行するお坊さんと云うのは今でもいるものなのか。美由紀にとっては昔話や物語の中にしかいない。

「山内にはもう一つ滝があるようですけれども、そちらの方も同じような滝らしいですし、少し離れていて——と云うよりも、問題なのは、もし彼女がその中腹を一周する経路を行ったのだとしたら、ぐるりと回って、ルート上の最後にある浄心門と云うポイントを通過していなくてはならない、と云うところなのですわ。そこを通らなかったとするなら、路を外れたか戻ったかね」

「それ、お寺の門なんですか？」

「そう。その門の処に、彼女を見知った登山者がずっと留まっていたらしいの。彼女より十分ばかり先に出て、途中で気分が悪くなるかして、そこで休まれていたようなのですわ」

どうやらその人は、是枝美智栄と同じケーブルカーで登って来た人らしい。十分の差が出たのは是枝美智栄が茶店に寄って用を足していたからである。

「その茶店から琵琶滝に行く方向に進んで、滝に行かずに山を回るルートを行ったのだとすると、通常なら三十分もかからないで——二十分くらいかしら、その程度で浄心門に着いてしまうようね。でもその人はそこで三十分以上休んでいたみたいで、それからそろそろと進んだようだから、通常は三四十分で周れるコースを一時間以上かけて歩いたことになる訳。でも彼女は、その人を追い越していないんだそうです」

「はあ。では引き返した？　でもそれ、中腹を一周するって云ってましたよね。じゃあその経路を進んでも、結局元の処に戻ることになるんですよね？　引き返しても進んでも、同じことなのか——。その、茶屋の人とかは」

「帰って来たところは見ていないと云っているみたいですわね。登山者や参詣者の全員をチェックしている訳ではないでしょうから、これは仕方がないのですけれど。でもケーブルカーで下山した彼女を見た人はただの一人もいないのです。勿論、ケーブルカーを使わずに下山することだって出来る訳ですけど、それでも霞台までは戻る恰好になる筈なのよ」

「じゃあ、ルートを外れて山の中に入りこんだ——と云うことになりますよね？」

「そうよね。そうでなければ人目を忍んでこっそりと下山したか」

「こっそり？」

それだって出来ない相談じゃないのと美弥子は云った。

「滝の方に向う振りをして、木陰か何処かで服を着替えたりしたなら、まず判らないでしょう。リュックサックを背負っていた筈なので、着替えくらいは幾らでも持って行けるでしょうし。でも」

そんなことをする意味はあるのか。

「その場合は、是枝さんが自らの意志で行方を晦ましたーー家出と云うことになりますよね？」

「そうですわね。ルートを逸れて山の中に入りこんだ場合は、また少し事情が違ってくるけれど」

　本当に迷ったか。

　或いは。

「自殺ーーと云うことですか」

　それはないと思うのですーーと美弥子は云った。

「いいえ、わたくしも是枝さんのことを何もかも知っていた訳ではないですから、確証があるかと云われれば何とも云えないのですけれど、どう考えても」

　彼女が自ら命を絶つ理由なんか一つとして思い付きませんと美弥子は云う。

「そもそもワンちゃんはわたくしを高尾山に誘っているのですよ。自殺するつもりならそんなことはしないでしょう。わたくしに見届けて欲しいとか、一緒に心中してくれと云う話なら兎も角、そんな思い詰めたお誘いではなかったわ。だから、もし何かあったとするなら、わたくしが同行を断った後ーーと云うことになります。わたくしがお電話を戴いたのは、彼女が失踪する僅か二日前のことです」

元気でしたわと、美弥子は何故か怒ったような口調で云った。

「秋口の登山を楽しみにしている様子でした。どうやら、意中の殿方と一緒の登山になる予定だったらしくって」

「意中？」

一瞬、意味が判らなかった。

好きな人と云う意味だと、寸暇してから理解した。

「その方と――何かあったと云うことはないんですか。その――」

「ないでしょう。何しろ、片思いだったようですし。お付き合いするどころか、告白さえしていない、憧れていただけなのです。調べてみましたが、その方に別の想い人がいると云うようなこともなかったようです。それ以前に、彼とは一切連絡を取っていないようでした」

「誰かが何か嘘を吹き込んだとか――」

「もし失恋したとしたら先ずわたくしに連絡をくれると、わたくしは思います。そして彼女はこう云うでしょう。また駄目だったみたい！　私は恋の女神に見放されているのですわ！　何処かで甘いものをお腹一杯食べたいから貴女も一緒にお付き合いしてくださらない――と」

そう云う人だったんだ。

そう云う人だったのですと美弥子は云った。俗な感じで云うならば、惚れっぽくて振られがちで、立ち直りの早い元気な人だったと云うことになるだろうか。

「自殺なんかするかしら」

難しい問題である。

「人は、複雑で判らないものですから、もしかするとわたくしなどには計り知れない懊悩(おうのう)を抱えていらしたのかもしれませんけれど——どうも、わたくしには想像することが出来ないのです。少なくとも友人である是枝美智栄は、裏表のない、天真爛漫な人でした。密かに身を隠したり、突然自死したりする人だったとは、どうしても思えないのですわ」

ならば事故——と云うことになる。

「警察は——山狩りなんかはしなかったんでしょうか」

「したようです」

地元の青年団や消防団などにも協力を仰ぎ、かなり入念な捜索が行われたらしい。

但し。

山全体の捜索が行われたのは、失踪から五日後のことだったようだ。かなり遅い対応と云う気もするが、これは決して捜査当局の怠慢ではないらしい。届け出があったのが失踪翌日、聴き込みと登山コースの捜索に二日かかっている。四日目からは範囲をやや広げた捜索をし、その翌日から山全体の捜索にかかったと云うことだろう。順を追って捜索範囲を広げていた訳で、怠けていたと云うことはないようだ。

捜索は延べ半月近く続けられたようだが何の手掛かりも見付からなかったと云う。

「警察は一週間を過ぎた辺りでほぼ諦めていたようです。遭難したにしても、事故に遭ったにしても、生きてはいないでしょうから、これは仕方がないでしょう。でも死体も、痕跡さえも見付からなかった。自殺したとしても死体はあるでしょうし、そこで意図的な失踪ではないのか——と」

「こっそり下山の線ですか？」

「そうね。でも、彼女の性質を踏まえる限り、自殺と同じくらい考え難いとわたくしは思います。わたくしは」

誘拐されたのではないかと考えていますと美弥子は云った。

「ゆ、誘拐ですか？　ま、まあないこともないんでしょうけど——」

誘拐されるのは幼子が相場と、単純に美由紀はそう思い込んでいた。別にそんな決まりはないだろう。

「連絡なんかは？」

「営利誘拐なら連絡が入るのでしょうけれど、そうでない場合もあるでしょう。性的目的かもしれませんわ。そうなら、誘拐監禁と云うことになりますわね」

そう云う犯罪もあるのか。

あるのだろう。

「実際」

美弥子はそこで声を低くした。

「地元では、神隠しだと謂われているようです」

「神隠しですか？」

「高尾山には天狗がいるのだとか」

「テング？　てんぐと云うのは、あの天狗のことですか？　顔が赤くて鼻の高い、羽の生えた、あの、羽団扇とか持ってる？」

そんなものは居ませんわと美弥子は半笑いで云った。

まあ、居ないと思うが。

「でも、巷間にそんな流言蜚語が流れると云うことは、何者かに拉致されたと考えるのが一番妥当——と云うことじゃないのかしら？　天狗は居なくても」

人攫いなら居るのよと美弥子は云った。

「これを覧て」

美弥子は小振りなバッグから写真を一枚取り出した。

卓上に置く。

美由紀の果物はまだ半分くらい残っている。美味しいけれど食べ付けない。それに上品に食べなければいけないのかと思うと、手が進まない。その上、話を聞いていると手が止まる。

奇妙な写真だった。

風景写真でも人物写真でもない。布か何かの上に、色色なものが並べられている。

襤褸布のようなもの。半巾。財布に、通帳か。

それから帽子、鞄のようなもの、靴。

登山の装備品——なのか。

思ったまま質すとそうよと云われた。

「これは先週、群馬県で亡くなった女性が身に着けていたものですわ」

「先週――ですか？　群馬？」

「十月七日に発見されています。亡くなったのはもっと前。群馬県の迦葉山と云う山で発見されたの。自殺されたようなのです。遺書もあったようですわ。断崖から跳び降りたのね」

「それが？　どうして美弥子さんはこんなものを持ってらっしゃるんですか？」

「その登山帽、わたくしのものなの」

「え？」

美由紀は写真を手に取って繁繁と見てみた。

取り立てて変わった帽子ではない。

「内側にわたくしの名前が刺繍してありましたの。父からの贈り物。何でもネエムを入れるのが良いと思っているのですわ。喜ぶと思うのでしょうか。迚も迷惑です」

「いや、その」

能く判りませんと云った。

「亡くなった方とは」

「全く存じ上げませんわ」

「どう云うことでしょうか？」

「そこに写っているのは全部、是枝さんが身に着けていたものなんです。そのお帽子は、以前一緒に高尾山に行った時に交換しましたの。ワンちゃん、色も形も可愛いといたくご執心だったので――」

お蔭で警察に疑われてしまいましたと美弥子は云った。

「それって」

何かが起きているのですわと、お嬢様は云った。

2

「傲慢な振舞いでした」

そう云った美弥子は、別段悪びれた様子もなく、表情も変えることなく、背筋も伸びていた。だからと云ってそれが上辺だけの言葉でないことは美由紀にも判る。

多くの人は謝る時に卑屈な態度を取る。

下を向き、しおらしく、謙虚に、不幸でも背負っているような顔をする。

謝意を示すためにはそうした態度こそが相応しいと誰もが思っているのだろう。

まあ相手が怒っているのであれば下手に出た方が穏便に済むことも多いのだろうとは思うし、敢えて火に油を注ぐような振舞いをするのも如何なものかとは思うけれども、能く考えてみれば、それは過ちを認めると云う以上に、過ちを犯した自分を許して欲しいと云う態度であるようにも思う。

美弥子は、自らの過ちは素直に認める。

それに対する償いもするのだろう。反省もすると思う。

しかし悔いることはないのだ。

況て、許して貰おうなどとは微塵も思っていないのではないか。

その辺が、凡夫匹婦と違うところなのかもしれない。考えてみれば、自らの行いの善悪可否と、それを他者がどう受け止め何を思うのかと云うことは、まあ、別なことである。反省し悔い改めることと、許しを乞うことも別だ。こんなに謝ってるんだからお前もいい加減許せよと云うのは、変な話なのだ。強要は出来なかろう。

別に悪いことをせずとも嫌われることはあるし、どれだけ償っても許してくれない場合もある。逆恨みだってある。

それとこれとは話が違うのだ。

美弥子は謝意を表わすことはするが、許しを請うことはしないのだ。ご免なさいは云うけれど、許してくれとは云わないのである。

「美由紀さん、貴女は警戒されていたでしょう。わたくしが以前に申し上げたことを覚えていたのね。日暮れまでに下山しないとリスクが大きくなると云う話。午後四時を過ぎた時点で引き返すべきだったのですね」

「まあ、私はオマケでくっ付いて来ただけですから」

「きちんとわたくしの話を聞いて同行を承知してくださったのですから、立派なパートナーです。パートナーの助言に耳を傾けないと云う態度は、思うに不遜なことですわ。平気よと云ったのはわたくしです。根拠もないのに。実際危機管理がまるでなっていなかったわ。だから傲慢だと云うのです」

平気じゃないですかと美由紀は云った。

「食料は少しならありますし、まだ凍える程の季節でもないですから、もしこのまま夜になっても――平気ですよ。一晩遣り過ごせれば何とかなるんじゃないですか」

と――云っているうちにみるみる暗くなる。

美由紀と美弥子は、壙に陥ちたのだ。

美由紀は腰を打っただけだったが、美弥子は足を挫いた。

「大体、こんな処にこんな穴ぼこがあるなんて、普通は思いませんよ。山は危険なんですね」

「この壙は――」

人為的に掘られたものでしょうと美弥子は云った。

「は？」

　美弥子は体を傾け、滑落して来た土肌を手でなぞった。

「明らかに掘った跡です」

「何かの工事ですか？　でもそれならこれ、途中で止めてますよ。大体、こんなとこ掘って何を造るつもりだったんでしょう。山歩きのコースからはかなり外れてますよね？　登山道でもないんでしょうし。それよりもこの山や森は、なんか保護されてるんじゃなかったですか？」

　危ないなあと美由紀が云うと、危なくて当然ですわと美弥子は云った。

「当然って」

「陥穽――と云うことですわ」

「陥穽って、子供が悪戯で掘るような、あの陥穽ですか？　あの、上に何か被せておいて上を歩いた人を落っことす？　そうですか？　だって、こんなに落ち葉やなんかが積もって――え？」

「古い陥穽です。掘られてから数箇月は経過しています。放置されていたと云うべきかしら」

「ああ」

　でも。

美由紀達は被せものを踏み抜いて陥ちた訳ではない。ほぼ滑落したと云う感じだったのだ。

「嵌まって陥ちた訳じゃないですよ。落っこちてはいますけども」

「ええ。ですから陥穽と云えば陥穽なんでしょうけど、縦穴を隠し、踏み抜いた者を陥とすタイプのものじゃなくって、多分壙の縁から突き落とす——ために掘られたものじゃないかと思いますわ」

「そんな」

美由紀は壙の縁を見る。

途中までは緩やかな傾斜だが、中程から角度が急になっており、最終的には縦穴状になっている。反対側は——ほぼ垂直だ。

掘り出した土が盛ってあるように見えないこともない。

深さは——地表から量れば三メートル以上はあるだろう。いや、もっと深いかもしれない。これがただの縦穴で、普通に落下していたならば、間違いなく大怪我をしていたことだろう。

「こっち側だけが蟻地獄みたいになっている——と云うことですか。って、罠じゃないですか。それじゃあ」

「罠ですわね」

まんまと罠に掛かってしまったんですわと美弥子は動じることもなく云った。

「こんな処に罠を仕掛けて何をしようと云うんです？　誰が仕掛けたのか知りませんけど、野生動物でも獲るつもりだったんでしょうか」

「こんな大雑把な罠に掛かる動物はいませんわね。それに、動物なら入りこんでも抜け出せると思います。狸や鼯鼠は落ちないでしょうし鼬や栗鼠なら簡単に出られるでしょう。尤も、猪なんかの場合は判りませんけど」

「はあ」

人間も普通は陥ちないと思いますと美弥子は云った。

「山歩きする人は皆さん気を付けて歩きますもの。山の中は足許が悪くて当然ですから。わたくしのように山を軽視し、尚且つ当てもないのにうろうろするような粗忽者でない限り、こんな壙には陥ちません」

「私も陥ちました」

「貴女は滑り落ちるわたくしを助けようとして陥ちたのです。間抜けは偏にわたくしですわ」

まあ、そうなのだが。

慥かに、慎重に進んでいれば当然気付く壙である。美由紀も、まあ変梃な感じと云うか、不自然な地面の隆起や凹みは見えていた訳で。ただそれが何なのかは、美弥子が足を滑らせるまでまるで判っていなかったのだが。

「そうですねえ。まあ、立ち止まりますよね。でも、縁に立っているとこを押されれば落ちちゃうでしょうけども――あ、突き落とすためと仰ったのは、そう云う意味ですか」

「ええ。誘き寄せて突き落とす――そのための罠だと思います」

見れば見る程そう見えて来る。

「え？　すると、この穴ぼこはその」

美智栄さんを――。

「彼女を捕まえるために掘られた壙ではないかと、そんな考えが浮かんでいるのですけれど、どうかしら」

「そのために掘ったと云うんですか？　でもこんな大きな穴ぼこ、ちょっとやそっとじゃ掘れないですよ。私達、高尾山駅からここまで、何かないかと探し乍らかなりあちこち寄り道して来ましたけど、それでも三時間程度でしたよね」

午前中に西側、一旦茶店まで戻り、午後に東側を探索した。

茶店付近でお弁当を食べてから午後一時頃に再び出発し、壙に陥ちたのが午後四時頃だったと思う。

「是枝さんは、コースから外れたとしても真っ直ぐ来たんでしょうから、精精三十分から四十分、寄り道したとしても一時間程度ですよね。その間に先回りしてこんな罠を作るのは無理じゃないですか？」

それは無理よと美弥子は云った。

「見た処、元元の地形を利用した罠のように思えますけれど——多分、擂鉢(すりばち)状に低く窪(くぼ)んではいたのでしょうし、底に穴らしきものもあったのかもしれませんけど。それに手を加えて陥穽にし、登れないように細工して罠に仕立てたのだと思います。そうだとしても——一時間やそこらで掘れるものではないでしょう」

登れそうで、登れないのだ。

「到底一人じゃ掘れないですよね？」

「時間を掛ければ可能ですわ。でも単独で掘ったとするならば、何日か掛かっている筈ですわね」

「ですよね」

ならば。

「誰だか知りませんけど、用意周到だったと云うことですか？　是枝さんが来るのを見越して、先に作っておいたって云うんですか？　何日も前から？　それとも、その何者かがこの罠の完成後に、是枝さんを高尾山に登るように――仕向けた？」

それは無理と美弥子は一瞬で美由紀の愚考を却下した。

「彼女がこの高尾山に来た理由は劔岳登山のウオーミングアップのため。その登山計画が正式に決まったのは、彼女がわたくしに電話をくれた数日前のことだったそうなの。その計画を何者かが知ったのだとして、それから急いで用意を始めたのだとしても、多分無理だと思います。四五日しかないのですもの」

四五日――。

大勢で掘れば間に合うのではないか。

そう云った。

「それは間に合うでしょうけど」

目立ちますと美弥子は云った。

「ここは登山コースからは大きく外れているし、普段は人の通らない場所です。でもここに来るためには、必ず何処かから登って来なければなりませんでしょう」

それはそうだろう。

「勿論、山なのですから四方八方何処からでも来られますけれど、多分一番楽なのはわたくし達が来たのと同じ経路。そんな大勢が手に手に道具を持って何日も通ったりしたなら、かなり目立つのではなくって？」

「道具――要りますよね」

素手で掘るのは無理だろう。

「ええ。人手だけ多ければ良いと云うものではないですから、道具は必要ね」

「道具、置きっ放し(ばな)で通ってたのじゃ」

「どうでしょう。それでもそれなりの人数が通ったら目に付きます。その人達がもっと山奥に棲んでいて、そこから通っていたと云うなら別ですが、それでは――」

天狗ですと美弥子は云った。

「山に棲んでいる人、いるんですか？」

「いないと思いますけれど――」

「泊まり込みとか」

「不可能ではないですけど、かなり大掛かりにはなりますわ。テントを張るなりして野営することになる訳でしょう。ここはそれ程山奥じゃないですから――必ず人目に付きます。夜間の作業は明かりも要るでしょうし」

こんな場所ですから人目に付けば騒ぎになりますと美弥子は云った。まあ、その昔は天狗がいたとか云う話だし、山中で変な火が燈っていたりしたら、妙な噂も立つかもしれない。

天狗の御燈とか云うのだったか。

「夜の山は暗いですから、明かりを燈したりしたらば、かなり遠くからでも見えてしまう可能性がありますわ。仰る通りこの辺りの森は大昔から保護されていますし、現在も東京都の自然公園指定を受けている筈ですから、変なことは出来ない筈です。こんな壙なんか掘ったら叱られます」

いずれにしても手間ではある。

「――手間が掛かる割に不確実ですわ。彼女が劔岳登山の前に高尾山に登るなんてこと、余人には判らないことでしょう？　もし、彼女にそうした習慣があると知っている者がいたとしても、いつ登るかまでは判らないことですわ。もし登るように仕向けたのだとして――彼女はここに来る二日前に、また二人で行こうと、わたくしを誘ったのです。お断りしてなければわたくしは同行していました。ですから、矢張り変です。総合して考慮してみると、凡そ用意周到とは云い難いとは思いません？」

「それじゃあ」

この壙は美智栄さん失踪とは関係ないのじゃないですかと美由紀は云った。

「まあ悪戯にしては度が過ぎてますし、犯罪の匂いがしないでもないですけど、その何だか判らない罠に、偶々私達が引っ掛かっちゃったと云うだけで、美智栄さんの件とは無関係なんじゃないですか？」

「いいえ」

「違うと云うんですか？」

誰でも良かったんじゃないかしらと美弥子は云った。

「意味が判りません」

ただ適当にこっそり罠だけ作っておいて、誰でも良いから落っこちれば面白いだろう——と云うことか。

「いいえ、人が落っこちるのを面白がると云うのなら、ずっと見張っていなくては」

「あ、そうか」

「それに、ここに陥ちたら——出られないのです」

出られないのだ。

「助けに来なければ出られないの。下手をすれば陥ちた人は死んでしまいます。そんな悪戯はありませんでしょう？」

まあ、下手をすれば死んでしまう状況なのは現状、美由紀達なのだが。

「わたくし達は間抜けにも自らこの罠に陥ち込んでしまった訳ですが、普通はこんな処を歩きませんから、然う然う引っ掛かる人はいないでしょう。ならば、矢張り特定の人物を捕まえるために作られた罠だと考えるべきですわ」

「でも、誰でもいいんですよね？」

「ですから、何か条件があって、その条件に見合う人なら誰でも良かった、と云う意味です。条件に合致した人がこの山に登って来た時に、その人を何らかの手段でここまで誘って来て――」

「突き落としたと云うんですか？　何のために」

「それは」

判りませんわと美弥子は云った。

「皆目見当も付きません。山の中で女性を拉致する理由なんか判る訳もないし、解りたくもないですわ。でも、そうとでも考えないと納得出来ませんわ。彼女は――その条件に合致した。だから」

「ここに落とされて、それで誘拐されたと云うんですか？」

証拠は何もないけれど――と美弥子は辺りを見回す。

既に地面は夕闇に溶けかけている。

「そう考えないと、この壙の存在が特異すぎると思うのです。人が一人消えた場所のすぐ近くに、こんな罠があるなんて、偶然とは思えません」

「偶然かもしれませんよ」

そう思いたくないと云う気持ちは判るけれども。

無関係なら、この状況は余りにも間抜けである。

「そうですわねえ」

お嬢様はあくまでお嬢様である。

慌てるとか取り乱すとか、そう云うことはないのだろうか。斯く云う美由紀も、そんなに狼狽してはいない訳だが。美由紀の場合は、単に楽天的で考えなしだと云うだけだと思うけれども。

「大体ですね、是枝美智栄さんがここに突き落とされたんだとして――ですよ、美弥子さん。その後はどうなるんですか」

「その後って？」

「いや、落とし放しじゃない訳ですよね。捕まった後、何らかの形で下山している訳ですよね？」

あらそうねと美弥子は眼を円（まる）くした。

「下山させるならこんな厄介なものを拵（こしら）える必要はないですわね。当て身を喰らわせるか何かして意識を失わせ、自由を奪ってしまえば――」

「それ、もっと目立ちます」

それは一応、考えたのだ。

幼児なら兎（と）も角（かく）、成人女性である。気を失わせたとしても殺したとしても、そんなものを担いで歩くのは大変だ。可能だとしても目立ち捲（まく）りだ。警察が念入りに聞き込みをしている訳だし、それで目撃証言が出ないと云うのはどうなのか――と。

「どっちにしても是枝さんは下山しているんですよね？　この山にはいなかったんですから。そうなら、矢（や）っ張（ば）り自らの意志で下山したと考えた方が無理がないように思いますけど。そうだとしたら、こんな変梃な罠は何の意味もなくないですか？」

「意味ないですわね。いや、もっと別な意味があるのかも」

美弥子は考え込む。

「私はこの壙と是枝さんは関係ないように思います。と云うか私の友達の推理が一番妥当だって云う気がしてますけども――」

そう。

銀座のパーラーで是枝美智栄の失踪話を聞かされた美由紀は、俄然興味を引かれてしまったのだった。

ただ女性が失踪したと云うだけなら珍しいことではないのかもしれないが、失踪した女性が身に着けていた衣服一式を身に着けた全くの別人が離れた場所で自殺していた――となると、まあ徒ごとではないだろう。

とは云うものの。

弥次馬だ。

美由紀は失踪した女性の家族でも友達でもない。警察官でも探偵でもない。一介の女学生には何の関わりもないことである。興味本位の弥次馬だ。

加えて。

美弥子と云う人に興味を持った――と云うのもあるかもしれない。

連絡先を交換し――と云っても美由紀の場合は通っている学校の名を教えただけなのだが――美由紀と美弥子は再会を誓った。いや、誓ったとか云う背中が痒くなるような云い方は美由紀の好むところではない訳だが。美弥子は、近いうちにまたお会いしましょうねと云ってくれた訳で。

寮の近くまで高級な車で送って貰った。

勇んで出掛けて腰砕けになり、取り戻そうとして空振りに終った一日ではあったのだが、仕上げは上上と云った具合で、悪い気分ではなかった。美弥子と出会っていなければ、かなりしょぼくれて帰路に就いていたことだろうと思う。

その時美由紀は、寧ろやや昂揚していたのだ。

お嬢様候補生に囲まれて日日を過ごしている、まるでお嬢様ではない美由紀なんかが、お嬢様の中のお嬢様と友達——らしきものになったのであるから、多少の昂揚くらいはしようと云うものである。

美由紀自身に何か変化があったと云う訳ではないのだ。

つまり単なる気分の問題でしかないのだが。

子供っぽい昂揚に過ぎない。

まだ日暮れには時間があり、そのまま寮に帰る気もしなかった美由紀は、自分だけの場所に寄ることにした。

いや、自分だけの場所などと云う妙に小洒落た云い方も美由紀の好むところではないのだが、まあ何ともその、語彙が少ないのである。

勿論そこは美由紀専用の場所なんかではない。美由紀の学友達が一人として寄りつかない処、と云うだけのことで、公の場所ではある。平素人は大勢いる。

尤も、殆どが年端も行かぬ子等なのであるが。

板塀と板で蓋をした溝に挟まれた、袋小路になった狭い露地。その途中にある、駄菓子屋。屋号を子供屋と云う。

美由紀はその店の前の、著しく通行を妨害している縁台に座って、泥だらけで遊ぶ子供達を眺め乍ら、廉くて不味いものを食べるのが好きなのだ。

大通りから露地を覗く。

きゃあきゃあ云う叫声が聞こえた。日曜日の子供達は、刹那的に明るい。

露地に踏み込む。

湿っぽいのに埃っぽい。

色褪せているのに毒毒しい。

子供屋に視軸を投じると美由紀の指定席に誰かが座っていた。勿論、美由紀は毎日来ると云う訳ではないから、そこには多く子供達が群がって座っている訳だが――。

子供ではなかった。

到着する前にその人は振り向いた。

中禅寺敦子だった。

「敦子さん」

美由紀は少少面喰らった。

敦子が独りで子供屋を訪れることはないと思っていたからだ。ここは、美由紀が指定した密会の場所である。密会と云うのもまた隠微で不穏当な感じなのだが、矢張り語彙が少ないのだ。

まあ秘密と云う訳ではないけれど、大人が来るような処ではないから、ここで会っていることは誰も知らない。

だから密会でも間違ってはいない。

敦子は科学雑誌の記者である。今や美由紀の——少し歳の離れた——大事な友達である。

「何してるんです」

時間を潰しているだけと敦子は答えた。

「子供屋で？」

「他に行く処もなくて。夕方、三軒茶屋で取材なんだけど——」

敦子の前には蜜柑水の入ったコップが置かれていた。

美由紀はその、そんなに美味しくない駄飲料——そんな言葉はないと思うが——を能く飲むのだが、敦子はあまり好きではないようだったので、少し嬉しかった。

日曜日なのにお仕事は大変ですねと云うと、先方の都合もあるからと答えて、敦子はふっと、溜め息とも何ともつかぬ息を小さく吐いた。

美由紀は酔烏賊を買って敦子の向かい側に座った。

その日は少し前まで銀座の気取ったパーラーで高級なフルーツなんとかを食べていた訳だから、その落差たるや正に天と地と云ったところなのであるが、正直に云うなら美由紀は汚い駄菓子屋の縁台の方が遥かに落ち着くのであった。酔烏賊も殆ど美味しくないのだが、でも慣れ親しんだ味と高級ならざる薫りが色色と沁みる。

不味いけど、好きだ。

予期せぬ邂逅に僅かにほっこりして、美由紀の無根拠な昂揚はやや沈静化した。

そして美由紀は、美弥子から聞いた神隠し事件の話を敦子にしたのだった。

美由紀は話が巧くないが、敦子は聞き上手なのでどうにか通じた。

「神隠し――と云うより天狗攫いね。高尾山だし」

聞き終えた敦子は先ずそう云った。

「天狗説ですか？」

「場所柄と云う話」

敦子は笑った。

「同じようなものごとも土地が変われば呼び方が変わるんだ、とか。まあ兄貴が能く云ってたから。お化けの話」

「天狗攫いですか——」

「起きていること自体は同じことなんだろうけど、解釈が変わるのね。失踪した人がいて、原因も方法も判らないような場合、納得するには何かの所為にするしかない訳でしょ。見世物小屋の人とか、サーカスの人とか、濡れ衣を着せられた人達もいたみたいだけど、まあ昔はお化けとか、神様とかでしょう。天狗の言い伝えがある場所なら天狗の仕業。その話だって、街中で起きていたら最初から誘拐事件扱いになっていたかもしれないでしょ」

「ああ、まあそうか」

でも不思議ですよねと美由紀は問うた。

「天狗でも何でもいいんですけど、高尾山で消えちゃったんですよ、是枝美智栄さんは。それで、二箇月後に群馬県の山で服だけ一式——まあ中身は別人だったと云うことですけど、発見された訳で」

「迦葉山だっけ?」

「どう云う字を書くのか知りません。私は地名に無知です」

そこも天狗で有名な山だと思うと敦子は云った。

「え？　また天狗？　天狗、出るんですか？」

「出ないと思うけど。天狗面を祀ってるお寺があった筈。兄貴や多々良さんじゃないから詳しくないけど」

　多々良と云うのは、何かを研究している人である。敦子が編集している雑誌に連載を持っているらしい。夏の騒動の時に偶然出会ったのだが、かなりの奇人だ。

「天狗の伝説自体もあるかもしれないんだけど、お寺が祀っているのは中興の祖である高僧に由来するお面だった筈。これもいつ誰が決めたのか知らないんだけど、高尾山、迦葉山に京都の鞍馬山を加えて、三大天狗とか謂うみたいだけど」

「じゃあ鞍馬山に！」

　敦子は何故か大いに笑った。

「何を云ってるの美由紀ちゃん」

「いや、天狗が、その」

　本当に何を云っているのか。

「まあ——普通に考えれば」

「それです」

その、普通の考えが知りたいのだった。

敦子は理性を重んじる人だ。

人は色色な想いを持つが、想いと云うものは、強い弱いに拘らず、理（ことわり）を覆ってしまうものである。思い込みは偏向や歪曲を呼び込むし、時に曲解や捏造（ねつぞう）も生んでしまうものだ。そうなると、当たり前のものも当たり前に見えなくなる。

敦子は極力そうした覆いを取り払うように心掛けて生きているように、美由紀には感じられる。

美由紀などは、気付かぬうちに幾つもの色眼鏡を掛けて世の中を見ているから、世の中が本当は何色なのか判らなくなることが多い訳だが、敦子は常に本来の色を見ようと努力をしているようなのだ。

それって何と尋（き）かれたので、普通ですと美由紀は答えた。

「山に登った人が降りて来ない、これはまあ、遭難だとか何だとか――仮令（たとえ）発見されてなくても、色色理由は考え付くんだと思いますけど、別な場所でその人の服を着た別人が自殺って――」

不思議ですよねと云うと、不思議でもないんじゃないのと敦子は云った。

「そうですか？」

「半月に亘る大捜索をして見付からなかった以上、山中にはいないんでしょう。つまりその是枝さんと云う人は、どんな状態であったとしても――生死に拘らずと云う意味だけど――必ず下山はしている筈ね？」

「そうですか」

人間が煙のように消失することはありませんよと敦子は云った。

「もし下山してないなら、まだ山の中に隠れてるってことになる。それこそ生死を問わずと云う話になっちゃうんだけど」

まあ、そうかもしれない。

と、云うか、そうだろう。

「これは総て推測だから気を悪くされても困るんだけど、可能性として是枝さんが山の中で亡くなっていた場合――死体が山中にない以上、彼女は死んだ状態で下山したと云うことになるでしょう」

なる――だろう。

「死体は自分では動けないのだから、必ず運んだ者がいる筈です。殺害されたなら犯人か、共犯者、事故死や病死だったとしても何者かが彼女のご遺体を山から下ろしたと云うことになる――違うかしら」

違いませんと云った。

「それは可能かどうか——まあ、不可能とは云わないけれど、これ、かなり目立つと思うんだけど。そうねえ、怪我人を背負って下山するようなケースはないこともないだろうから、生きているように見せかけておんぶしたとか——でも、そんなの能くあることじゃないだろうから、見たなら誰か覚えているでしょう。そもそも、おぶわれていたのが是枝さんだったなら、見覚えのある人なら絶対に判っちゃうでしょう。普通に下山するより遥かに目立つと思うけど。寧ろ記憶に残らないかしら」

「着替えさせたとか？」

「死体を？　殺してから別な服に着替えさせるって考え難いように思うけど。殺していないのであれば余計に意味が解らないだろうし。それに、息があると云うならまだしも、どんな恰好させたとしても、死体だったら絶対に判っちゃうんじゃない？」

「まあ気持ち悪いですしねえ。死体」

死体をおんぶするのは難しいと思うと敦子は云った。

「肩に担いだりした方がマシだと思うけど、そのまま担いで歩くと云う訳にはいかないだろうから、大きな袋や鞄に入れるとか、箱に詰めるとか——重いから台車に乗せるとか、そう云う方法を執らないかしら」

「重い――ですもんね。大きいしなあ」

「大きくて重いの。山にそんな大きな荷物を持って登る人は少ないよ。それ、大勢人がいたんだから誰かは見ている筈で、見たなら必ず記憶に残ってると思う。印象的だもの。失踪事件と関連付けた記憶でなかったとしても、警察が聞き込みをしに来たなら一人か二人はそれに就いて言及するだろうし、時間的に符合するなら、警察はもっと大勢にそれに就いて尋くでしょうから、そうしたら思い出す人もいる筈」

「じゃあ、死体を隠し持ったまんま夜までどっかに隠れていて、こっそり下山したとか？　捜索願を出したのは翌日だそうですから」

「その場合はケーブルカーは使えないから徒歩で死体を抱えて下山したことになるんだろうけど――簡単じゃないよ。夜になれば山の上の方の人気（ひとけ）はなくなるのかもしれないけど、麓は普通に町なんだし、下山した後の算段もしておかなきゃ。いずれ運ぶための装備は必要になるでしょう。それは登る時に持って行かなきゃいけないの」

「そうですね」

「袋でも箱でも台車でも、何でもいいんだけど――畳める袋は兎（と）も角（かく）、そんなものを持って登ったりしたら、それはその段階でもう目立つと思うし――いずれその場合は計画的な行為と云うことになるでしょう？」

「なりますね」

「それ、どんな計画？」

「え？」

「殺人計画だとするなら――そんな苦労して道具を山の上まで運んで、山の中で殺害して、更に苦労して死体を山から下ろすって、変でしょう。下山したところを捕まえて殺せばいいんだから」

「いや、その、人目が」

山にも人は沢山いたんじゃないのと敦子は云った。その通りである。もしかしたら麓より多かった可能性もある。

「運搬中は確実に目に付くんだから、リスクは物凄く高いでしょう。だから、不可能ではないかもしれないけれど、何かそうしなければならない事情がない限り、それはない――と思う。一方で事故や病気などで是枝さんが亡くなった場合は」

「もっとないですね」

「ないでしょうね。遺体を運ぶ道具を苦労して山まで持って行って、偶然亡くなる人を待っていて、亡くなった人がいたらこれ幸いと遺体を確保し、更に苦労してこっそり下ろすなんて――正気の沙汰じゃないし、狂気の沙汰ですらないもの」

「そうですよね」

既に理解不能である。

「でもね、これは不可能ではないの。何かそうしなければいけない事情があったなら出来ることではある訳だから、そこは間違わないで。でも、問題にすべきなのは、そう云う奇天烈な行為を目撃した人が皆無だと云うことと、そうせざるを得なくなる事情と云うのが――まるで想像出来ないと云うこと」

だから――と云って敦子は蜜柑水を一口飲んで、美味しくなさそうな顔をした。

「この線は一旦外すべきだと思う。この線と云うのは、是枝さんが生死に拘らず動けない状態で誰かに運ばれたと云う線ね」

そうか。

生きていたとしても――例えば拘束されていたとか意識を失っていたとかであっても――目立つという意味では同じことなのか。

どうであれ下山する是枝美智栄の姿は誰にも目撃されていないのである。

生きていようが死んでいようが、いずれにしてもその方が目立つと云うことになるのであれば、誰かに運ばれたと云う線で考えるのは無理がある――とすべきなのだろう。

そうなの、と敦子は云った。

「だから、この場合、是枝さんは自分の足で下山したと考えた方が素直でしょう。そうするとずっと話は簡単になって、吟味すべきはただ一点のみ。登って行く彼女を見た人はそれなりにいるけれど、降りて行く彼女を見た人が全くいない——と云う謎が残るだけ」

「謎です」

「この謎には解が幾つでもあると思う。先ず下山していないと云う解。これは、捜してもいないんだから却下。するとどうやって降りたかと云うだけね。そうなると、まあ人目に付かないようにこそこそ降りたと云う、実につまらない解答が濃厚でしょ」

「こそこそ？」

「ええ。彼女を知っている人、彼女の顔を覚えていそうな人に見られないように降りた、と云うこと。出来ない相談じゃないでしょう」

「出来ますか？」

「山なんだから隠れるところは沢山あるでしょう。是枝さんを見知った人がコースの途中で休んでいたと云うことだけれど、そのまま目の前を通れば当然気付いていたんでしょうけど、見られないように通ったなら」

「見られないようにですか？」

「現場はこの露地みたいな閉鎖空間でもないし一本道でもないんだから、横でも後ろでも何処でも通れる筈。山なんだもの。門があると云っても、周りが塀で囲まれている訳じゃないんだと思う。もし身を隠して通過するのが不可能でも、その人が移動するまで何処かに潜んでいれば済むことだし、茶店の人の目を掠めることだって不可能じゃないでしょう。常に監視している訳じゃないんだから。ケーブルカーは使わなくたって下山出来るんでしょう？」

「そうですけど」

「茶店の人が是枝さんとどれくらいの関係だったのかは判らないけれど、例えば行き帰りに挨拶をするような間柄だったとして、なら、何も云わずに通り過ぎれば却って気付かない――と云うことはあるでしょう？　入山前には御不浄を借りているんだから、帰りにも一言挨拶くらいはするだろうと。そう」

　思い込んでいたら。

「そうですねえ」

「変な小細工は考えなくても、自分の意志でこっそり下山した、と云うのがこの場合一番しっくり来ると思う。だけど」

　問題は迦葉山ねと敦子は云った。

　美由紀は半ばそっちのことを忘れていたから、少し慌てた。

「自殺した女性の衣服がそっくり是枝さんのものだった――と云う件」

「は、はいそうです」

「で、また話を戻すんだけども、是枝さんが人目に触れずに下山するに当たって、ここそ隠れずに済む方法もあるんだと思うんだけど、どうかしら」

「いやあ」

　迦葉山を思い出した途端に高尾山に話が戻ったので、さっぱり判らなかった。

「例えば、変装したとか。どうかしら」

「変装ですか？　いや、それなら普通に下山しても気付かれないかもしれないですけど――まあ、美弥子さんも云ってましたけど、そんなことする動機が」

　動機は一旦考えないでと敦子は云った。

「いずれ、本人に確認するまで動機は解らないと思う。解らないことを詮索しても結論は出せないでしょう。先ずは、起きたことだけを俎上に載せて、可能か不可能かを吟味すべきだと思う。変装は――この場合有効でしょ？」

「はあ。迚も有効です」

「変装した、と仮定しましょう。理由は判らないけれど。すると彼女は変装する衣装や何か一式を用意して山に登った、と云うことになるわよね？」

「ああ、リュックか何か背負ってるからそのくらいは持てるだろうと――」

「でもそれはない――とお友達の篠村さんは云っている訳ね？」

「そんなことをする意味が解りませんからねえ。何か姿を晦ましたい理由があったとしても、山に登って――登ったまま消えてしまうような演出しますか？ 変装したとするなら、そう云うことですよね」

そうねと敦子は云った。

「さっきの、山で亡くなる人を待ち構えていてこっそり下ろす人、と同じくらい考え難い気がする、妙な行いよね。私もそう思う。ただ可能ではある。でも――偶々そうなってしまった――としたら、どうかしら？」

解らない。

「あの、その偶々変装するってより一層考えられないですよ敦子さん。何処にうっかり変装する人がいますか」

そもそも、うっかりでは変装のしようがない。変装するには準備が必要だろう。準備なき変装と云うのは、あり得ないことではないだろうか。

「だから」

　敦子は子供っぽい表情で微笑んだ。

「変装するつもりではなかったのに、結果的に変装したのと同じような効果を齎す行いになってしまった——と云うこと」

「いや、それ、どう云うことです？」

「例えば——美由紀ちゃんは今制服を着ているけれど、ここで私と服を取り換えたなら、どうかしら。私はチビだからサイズが合わないんだけど、同じような体格だったら可能よね？」

「まあ」

「私は女学生と云う年齢じゃないんだけども、制服を着たら——多少は誤魔化せるでしょう。近寄って繁繁見れば齢は判ってしまうだろうけど、遠目には判らないかもしれない。違う？」

「や。近くで見ても女学生に見えると思いますよ。敦子さんは」

　それは私が幼いと云うことなのと云って敦子は眉根を寄せた。

「わ、若く見えると云うことです。私なんかよりも可愛いじゃないですか。私、もし制服着てなかったら学生には見えないですよ、でっかいし」

「若いって——美由紀ちゃんまだ十五じゃない。私は貴女より十も上なんだから、それは幼いと云う意味ですよ。自覚はあるからいいんだけど。それよりも、もしそうしたとして、それ、私が女学生に変装したのと同じことよね？」

「あんまり疑う人はいないと思います」

「私、別に変装する気はなくって、貴女と服の取り換えっこをしただけ。でも私は女学生に変装したことになっちゃうでしょ」

「ああ」

そうか。

「私のことを知っている誰かが、私がこの露地に入って来るところを見ていたとするでしょ。それで、出て来るのを待っていたとする。私は女学生になって出て行くことになる訳。その人は、まあ注意深く見ていればお前何してるんだ——と云うことになるんだろうけど、普通はそんなこと考えないから、見逃してしまうかもしれない。そうすると私は——」

「駄菓子屋に行ったまま失踪？」

「そうなっちゃうかもしれない——と云う話。もし、是枝さんが山の中で誰かと服を取り換えたとしたら、同じことが起きるんじゃないかしら」

起きる——かもしれない。

「彼女の顔を知っている人は、概ね彼女が山に登る時に目撃している訳よね。話を聞く限り、その人達は彼女を能く知っている訳ではなくて、何度か見掛けた程度の関係のようだし、彼女がまるで違う服装になって下山したなら、別にこそこそ身を隠していなくても気付かない可能性は高いと思う。一方、彼女の服装になった誰かは、本当に彼女ではないんだから、同じような服の誰か——と云うことにならないかな」

「なります——ね。でも、そんなことします？」

「あんまりしない。でも、変装の準備をして山に登って、変装してから降りてくるとか、偶然変装しちゃうよりはあると思うけど。その、是枝さんと云う人がどう云う人かにも拠るんだけど。美由紀ちゃんの話振りだと、人見知りをするようなタイプじゃないように感じたけれど」

「私も本人は知りませんからね。でも、失恋したら自棄喰いするような、その自棄喰いに友達を誘っちゃうような感じの人だったようですから、内向的な人じゃなかったんだろうと思いますけど——」

そう云う人なのよ、と美弥子は云っていた。そう云う人がどう云う人なのか確証はないけれど、まあそんなに間違ってはいないだろう。

　そう、と云って敦子は人さし指を唇に当てて、瞳を空に向けた。

「それなら――まあ、それは判らないことなんだけど、多少は可能性があるように思う。茶目っ気があるとか、正義感が強いとか、何でもいいんだけど、そう云うことをしそうな人っているでしょう。例えば美由紀ちゃんみたいに」

「私？」

　自覚は全くない。

「そう云う話を持ちかけられたら、やってしまうのじゃない？」

「するかなあ」

　するかもしれない。

　時と場合に拠りますと答えた。どんなものでも時と場合には拠るんだろうが。

「例えば――そうねえ、貴女が山に登ったとして、自分と同じような年齢で同じような体格の人が困っていたとして」

「困ってるんですか？」

「そのシチュエーションが一番美由紀ちゃんの琴線に引っ掛かると思ったの。困ってる人がいたら貴女、ほぼ助けるでしょ」

「うーん」

まあそれこそ時と場合に拠るのだろうけれど、概ねは何かするだろう。声くらいは掛けると思う。

「その人は、誰かに追われているとして」

「追われている？」

「悪漢。仮定よ。まあ悪い人かどうかはこの際どうでもいいの。世の中には色んな人がいるから、女性を追い掛け回すような人もいるでしょ。その人にどんな理由があろうとも、追い掛けられている女性は怖かったり嫌だったりするかもしれない。それなら逃げるでしょう。そこで」

「あ。服を取り換えっこ？」

「そう云われたら、貴女は取り換えないかな。きっと——取り換えちゃうと思うんだけど」

「取り換え——ますね」

見抜かれている。

「それはつまり、私がその人の身代りになるってことですよね？」

「そうなんだけど、多分そうじゃないの」

「え？」

「その人にしてみれば、貴女を身代りにして逃げようと思ってる訳じゃなくて、貴女に変装して逃げたい、と思っている訳。怖がってるんだし、他人を犠牲にしようとは考えないでしょう。つまり変装したかったのはその困ってる人の方なのね」

「そうか」

「そう。変装したかったのは困っている人なんだけど、でも貴女もまた、変装したような恰好にはなっちゃう訳」

「そうだ」

それが偶々変装——と云うことか。

ないかしらと敦子は云った。

「まあ、今までの中では一番ありそうな話ですけど」

「勿論想像だから、違うかもしれない。ただ、そうだと仮定してみると——是枝さんが気付かれずに下山出来たこと、そして彼女の服や帽子を別の女性が身に着けていたことも、解決出来てはしまうでしょう」

「あ。迦葉山！」

「迦葉山で発見された方に就いての情報はないのかな」

「あ」

あんまり——聞いていない。

美弥子が話さなかった訳ではなく、美由紀が尋かなかったのだ。美弥子は警察に疑われたと云っていたから、当然名前くらいは知っていたのだろうが。

そうか、と敦子は残念そうに云った。

「まあ、別に単なる想像だから、何とも云えないんだけど、多少、悪い想像も出来てしまうから——」

「悪い想像ですか？」

敦子は一瞬暗い顔をした。

「悪い想像なんて幾らでも出来る。兄貴なんかは、可能性は可能性に過ぎなくて、可能性に過ぎないものに善し悪しのような価値を見出すことは愚かなことだと云うんだけど、私はどうしても自分の望まない可能性は、悪いことと思っちゃう」

「それは当然ですよね」

「そうも思うんだけど——例えば今ここに自動車が突っ込んで来る可能性も、ゼロではないでしょう。自動車が突っ込んで来たとしても助かるかもしれないの。でも二人とも死んじゃう可能性だって同じだけある。同じように、途轍もなく良いことが起きる可能性も」

ない訳ではないのと敦子は云った。

　それはそうだろう。

「来るかどうかも判らない暴走自動車を怖がったり、あるかどうか知れない良いことに胸をときめかせたり——そこまではまだ良いとしても、それで哀しんだり喜んだりするのは変よね。まだ何も起きてないんだから。同じことだと兄は云うの。起きてしまったことに対して感情が動くのは仕方がないが、可能性は——ただの可能性に過ぎない」

「それは、悲観的になるなと云うことですか？」

「悲観も楽観もしない、と云うことね。悲観も楽観も、考え得る限りの可能性を想定する思考の妨げになるだけ——ではあるでしょう。どちらも、得てして最悪の可能性を見切ってしまうことになるから」

　まあ——出来るだけ悪いことは考えたくないとは思う。

「可能性は常に数え切れないくらいあるんだけど、起きたことやこれから起きることは一つだけ。それが自分に取って好ましくないことであることは少なくないし、尚且(なおか)つ最悪のケースでないなんて」

　絶対に云い切れないでしょ——と敦子は云った。

最悪のケース。

最悪かどうかは判らないけれど、美由紀の場合はそれに近いケースを何度か経験している。それが誰に取っての善し悪しかと云う話ではあるのだろうが、悪いことと云うのは起きるものなのだ。

「それが善くないことであった場合、即座に改善策を執るべきだと兄は云う。速ければ速い程良いと云う。それは——当然なんでしょうけれど、悪いケースを想定していなければ対応は出来ないよね。だから数限りなくある可能性の中で、一番想定しておかなければならないのは最悪のケースなんだと、まあこう云う訳ね」

「理屈ですね」

「理屈ね。でも、人は理屈通りには行かないものでしょ。悪い予測や想像は——出来るだけしたくない。楽観はしたくないし悲観もしたくないけれど、考えたくないことは考えたくないもの」

そう云うこと考えてると兄貴のような顔になっちゃうからと敦子は云った。

慥かに敦子の兄の顔は——怖い。

「でも、こう云う場合はその——悪い想像もしておく必要はあるかもしれないとも思うのね」

「そうですけど、その、衣服取り換え案が事実だと仮定すれば、是枝さんは生きて自分で下山した、と云うことになる訳ですよね？　それ、山の中で殺されたとか云うより、ずっと良い感じの予想なんじゃないですか？」

　悪い予測はいずれも否定されている。

　そうでもないわと敦子は云った。

「今までは下山するまでの出来ごとに対する考察でしょう。美由紀ちゃんは先ず、その部分が謎なんだと考えているようだったから。それは不可能じゃないと云う話をしただけ。でも、下山は出来たとしても、それ以降の――」

「そうか。どうやって下りたかより、その後どうなったかの方が」

　是枝美智栄の行方は知れない。

　問題としては深刻なのか。

「これは衣装交換があったと云うことを前提とする話だから、仮定の仮定みたいなものので、本当にただの想像。空想ね。だからそこは勘違いしないでね。さっき云ったように、衣装交換があったとするなら、それは是枝さんが云い出したこととは考え難いだろうと思う。なら是枝さんに話を持ち掛けた人がいる訳で――」

　困っていた人、ですねと云った。

「そうね。困っていたのかどうなのかは判らないけど——例えば巫山戯ただけだとすると、余りしっくり来ない。何か切迫した理由があったと考えた方が、現実的だと思う。そうだとすると、彼女に話を持ち掛けた人と云うのが本当に困っていた、と云う可能性は高いでしょう」

「ですから、誰かに追われているとか、そう云う話なんでしょう？　さっきそう云ってたじゃないですか」

「ええ。そうだとすると、是枝さんは追われていた人の服装で下山したと云うことになるじゃない。それ、間違われる危険性があると云うことでしょ」

「ああ」

「悪い想像と云うのはこれからで、もしその困っていた人を追っていた誰かが、その人に危害を加えようとしていた——もっと簡単に云うなら殺そうとしていたとするなら、その人の恰好をした是枝さんが」

「え？　身代りになっちゃったと云うことですか？」

「背格好も似ていた筈。でなければ衣装交換は成り立たないでしょう」

「間違って殺されちゃった？」

だから想像だってと敦子は云った。

「何もかも想像なの。証拠も何にもないただの空想。情報も少な過ぎる。その少ない情報を組み合わせて捻り出した、無数にある可能性の中のひとつ」

「そうですけど――」

「そんな悪い想像をすることになったのは、勿論その是枝さんの行方が知れないと云うこともあるんだけれど、それよりも是枝さんの服を着た女性が亡くなっていたと云う事実があるからよ」

「自殺――ですよ？」

「自殺だとしても。と、云うか自殺だからかしら」

他殺なら。

それは、その人を追っていた誰かが殺した――と云うことになるのだろうか。しかし、自殺と云うのはどう考えればいいのだろう。追跡者の執拗な追尾に疲弊し、死を選択してしまった――と云うことになるのか。

「逃げるのに疲れて自ら死を選んだと云うことですよね？　それ、是枝さんと関係ないんじゃないですか？」

「もし、あなたが思ったように是枝さんに危害が加えられていたとしたら？」

「え？」

「殺されるようなことはなかったんだとしても、間違われることはあるし、危ない目に遭うこともあるでしょう。入れ替わったのだとしたら。何が起きているのかは判らないけれど、もし無関係な是枝さんを巻き添えにしてしまったとしたら――」

「ああ」

それで、もしものことでもあろうものなら。

「ただでさえ追われてるんだとしたら、心中は穏やかじゃないですよね。いや、それどころじゃないか」

美由紀にも覚えがある。

自分の所為で誰かが傷付くことは、時に自分が傷付くよりもうんと辛い。

美由紀は大切な友達だった人や、大切な友達になる筈だった人や、大切な友達だと思っていた人を、亡くした。美由紀の所為と云う訳ではなかったのだけれど、すぐ近くにいて、彼女達に死を齎した出来ごとに関わってしまったと云うだけで、重い責任を感じ、美由紀は深く苦しんだ。

「そんなことが起きたんだとしたら、自責の念はより大きくなるかもしれないと、私は思うんだよね」

「そうか」

それは結構キツイかもしれない。

「その女性のご遺体が見付かったのは是枝さんが失踪してから二箇月も後なんでしょう？　いつ亡くなられたのかは判らないんだけれど、もしも日が開いていたとするなら、わざわざ是枝さんの服を着て自殺したと云うことになる訳だし——」

「じゃあ敦子さん」

「駄目」

敦子は突然立ち上がった。

「敦子さん？」

「駄目駄目駄目。何の確証もなく物語を創ってるだけ。こんなの予測でも推理でも何でもない、可能性どころかただの邪推だよ」

「そうですか？」

私調べてみると敦子は云った。

「こんな断片的な情報だけであれこれ想像しても何の意味もないし、寧ろ気持ちが悪いだけ。問題を解くのじゃなくて問題自体を推理するなんて無駄だし、先に解を用意しておいて後から問題を考えるなんて愚の骨頂」

敦子はささくれた木机の板面に両手を突いた。

「私、少し調べてみる。調べると云っても知ることが出来ることなんか高が知れているけれど、判る範囲で調べてみる。情報量が多くなればもう少しマシな可能性が想定出来るかもしれないし。大体、面識のない行方知れずの人に就いて、多分死んでるだろうなんて無責任に空想するのは——いけないよ。そんなのは御免だもの」

土曜日の午後にまた来ると云って、敦子はすたすたと露地を出て行った。後で知ったことだが、この日敦子は新宿で発生している伝染性の奇病に就いての取材があったようである。

慥(たし)かに——。

美由紀は是枝美智栄を知らない。

赤の他人が能(よ)く知りもしない人のことを生きているだろうとか死んでいるだろうとかあれこれ云い合うなんて、不謹慎だ。大きなお世話でもあるだろう。

是枝美智栄の仲の良い友達である美弥子は、ある意味で当事者である。でも、美由紀は単なる弥次馬だ。敦子は——。

何よりも理性的であることを心掛けている人なのだ。美由紀のように能天気に構えることは出来ないのだろう。

結局、美由紀はその日の出来ごとを誰にも話さなかった。

正真正銘のお嬢様に誘われ、黒塗りの高級自動車で銀座の高級パーラーに乗り付け高級なフルーツ何やらを食べたなどと云う話は、まあ充分自慢話になるものだろうとは思ったのだが、考えてみればそれらは凡て、美由紀自身とは何の関わりもないことなのだ。

偶然なのだし。

高級なのは自動車でありパーラーでありフルーツ何とかなのであり、それらを御しているのはお嬢様である。美由紀は高級でもないし立派でもない。偉くなった訳でもない。ならば、そんな出来ごとは自慢にも何にもなりはしない。精精、お金を拾って交番に届けた程度の、面白トピックに過ぎないだろう。そんなこと、吹聴する価値などまるでないではないか。拾ったのが目が飛び出る程の大金だったとか、それを猫糞してしまったとか云うならまだしも——である。でも、その場合は犯罪の告白以外の何ものでもない訳で。だから美由紀は何も語らずに数日を過ごしたのだった。

土曜日。

美由紀は授業が終るなり、昼食も摂らずに子供屋に向った。居ても立ってもいられなかったのだ。敦子はまだ来ておらず、珍しく子供屋のお婆さん——名前はまだ知らない——が、店の前の掃除をしていた。

子供が何かを大量に溢したようだった。

手伝いましょうかと云うと、いいのいいのいいのとお婆さんは三回云った。

「どうせ綺麗にしたってすぐ汚すから。あんたも知っとるでしょう。不潔だねえ」

保健所が来るねえと云い乍ら老人は店に入り、手を洗った後に柄杓で蜜柑水を汲み出して、頼んでもいないのに木机の上に置いた。

「手伝うって云うてくれたから、一杯無料さ。店は汚いけど食べ物は綺麗だよ。子供等がお腹壊しちゃいけんし。そう思うから掃除もするが」

云っている尻から子供達が何かを撒き散らし乍ら駆け抜けて行った。板塀の隙間から隣の空き地に抜けられるのだ。

この始末だよと云って老婆はまた塵取りと箒を手に取った。振り撒かれたのは粉粉にした落ち葉のようだった。

子供達の叫声を遠くに聞き乍ら、暫くぼおっとしていた。

多分、敦子がやって来たのは一時間くらい経ってからのことだ。何でも、低体温直視下心臓手術がどうとか云っていたが、何のことかは判らなかった。

調べてみたと敦子は云った。

「勿論、限界はあるし、知り得ることは少なかったんだけど——」

場所を変えないかと云われた。

敦子も昼食を食べていないようだった。

暖簾を仕舞いかけていた蕎麦屋に駆け込んだ。敦子は月見蕎麦を注文し、美由紀は笊蕎麦を二枚頼んだ。

「気になることがあった」

頼むなり敦子はそう云った。

「是枝美智栄さんが高尾山に登ったのは八月十五日。終戦の日ね。地元の警察署に捜索願が出されたのは翌日の午前十時過ぎのこと。是枝さんのご実家は、実はここからそんなに遠くないんだ。だから捜索願が提出されたのは——玉川署なの」

「あら」

考えてもみなかった。

「だから賀川さんに尋いてみた」

賀川と云うのは玉川署の刑事で、春先に近所で起きた昭和の辻斬り事件の際に孤軍奮闘した気の好い男である。どちらかと云えば老け顔なのだが、眼が大きくて小柄な所為か、軍隊時代は子供と呼ばれていたらしい。

あの子供刑事と美由紀が云うと、だから失礼だってと敦子は苦笑して云った。

「殺人や窃盗じゃなくて失踪事件だから民間からの情報提供は寧ろ歓迎すると云うことで――尤もこっちには提供出来るような情報はなかったんだけど、まあ前回のこともあるから話はしてくれた」

　辻斬り事件の謎を解いたのは敦子だ。敦子は否定するけれど、美由紀はそう思っている。

「彼女が失踪したと思しき現場は管轄が違う訳だから、当然担当の所轄に連絡を入れることになったようなんだけれど、その時点で所轄の八王子署には別の捜索願が出されていた、と云うのね」

「別の？」

「娘が高尾山に登ったまま戻らないと云う届け出があったらしくて。八王子署では捜索を開始していたらしい」

「居なくなったのは二人――と云うことですか？」

　敦子はすぐには返事をせず、まあその時点では――と答えた。

「見付かったんですか、そのもう一人の失踪者は」

「それが、失踪ではなかったの」

「どう云うことですか」

捜索願が出されていたと云うもう一人の女性は、天津敏子(あまつとしこ)、二十二歳。八王子の素封家天津家の一人娘であると云う。

天津敏子は十四日深夜か十五日早朝に家を出ている。山に行きますとだけ記した書き置きが残されていたと云う。十五日の午後には捜索願が受理されている。

天津敏子の捜索が高尾山中に及んだのは十六日、是枝美智栄の失踪が八王子署に伝えられたその時、既に山中の本格的な捜索は始められていたと云うことになる。

「えーと、それじゃあ美智栄さんは警察がうろうろしてる中で姿を消したと云うことですか？」

「それは違うよ。天津さんが山に登ったのが何時頃なのかは判らないけど、是枝さんも同じ日に登っているのね」

「そうなるか」

「そうなるの。でも、捜索願が出されたのは天津さんの方が一日早い。それだけのこと。ただ天津さんの書き置きには山としか記されていなかったので、先(ま)ず警察は自宅周辺から捜索を始めたようなのね。八王子近辺は山が多いから特定するのは難しいでしょう。でも――」

天津敏子には登山の趣味はなかった。

家を出た時もごく普通の服装だったようだ。何の装備もなく山に登るとなると行き先は限られて来る。ふらりと訪れてある程度の処まで登れるとなれば、それは高尾山くらいしかない。家を出た時間が早かったと云うこともあり、目撃証言は殆ど得られなかったようだが、捜索は徐徐に高尾山方面へと絞られて行ったらしい。

「十六日の午前中には捜査員が高尾山へ向っていたようなのね。地元の青年団なんかも駆り出されていたようだし、かなりの数の捜索隊が出ていた。そうした経緯があるから、是枝さんの方の捜索も、通報が遅かった割には比較的早く着手されたと考えてもいい――と思う」

「二人纏めて捜したんですか？　八王子の警察は。まあ、山狩りなんて一人でも二人でもやることは一緒なのかな」

「それは一緒なんだろうけど――天津さんの方は十六日の午後には見付かっているのよね」

ご遺体で――と敦子は云った。

「え？」

「だから、是枝さんの捜索が始められた時には、天津さんはもう見付かっていた、と云うことになるのかな」

「事故ですか？　まあ、違うか」

　普段着で山に行く——と云うことは、推して知るべしと云うことになるだろうか。

「自殺ね。登山コースからはかなり離れた森の中で、首を吊っていたみたい。服装が届け出されたものとほぼ一致していたことから、ご遺体はすぐに回収されて、ご家族が確認もしている」

「確認しているんですね」

　もしや——とは思ったのだが。是枝美智栄はその天津と云う人と入れ替わったのではないかと、一瞬美由紀はそう考えたのだ。ならば死んでいたのは美智栄と云うことになる。それはないようである。

「ご遺体はご遺族が引き取って、翌週にはご葬儀も済ませてるようだから、これは間違いないのでしょう。私が気になるのは」

　これから先、と敦子は云った。

　そこで蕎麦が出て来た。寮暮らしの美由紀に笊蕎麦はご馳走だ。寮では中中食べられないからである。

「まあ、敦子さんが気になる以上、それだけでないことは判ります。それだと単に日が重なっただけの別件ですもんね」

敦子はぽかんとして見詰めている。

「どうしたんです？　伸びちゃいますよ」

「美由紀ちゃん、器用ね。どうやったらそんな風に食べ乍ら喋れるの？」

「普通ですよ」

「まあいいわ。実は——その天津さんなんだけどね。善くない噂があって」

「善くないって？」

「素封家と云うか、お金持ちではあるのね天津さん。元は薩摩出身の士族だったようなんだけど、今は幾つも会社を経営している実業家。まあ、それはどうでもいいんだけれど——どうも、父娘の仲が最悪だったと云う——これは噂」

前に話した鳥口さんから聞き出したんだけどもと敦子は云った。鳥口と云うのは醜聞などを能く扱う何とか云う雑誌の編集者であるらしい。

「敏子さんのお祖父さんと云うのが、それはもう厳格な人で、旧幕時代の因習そのものと云う堅物らしいの。まあ、古臭いのは構わないとしても、かなり今の時代からはズレた、女性蔑視者なんだそうよ」

「あらまあ」

いるんですよそう云う男は、と美由紀は云った。

「別に女が偉いとか男は駄目だとかそんな風には思わないし、持ち上げて欲しいとも思わないけど、蔑まれる謂われはないですからね。困りますよね」

そうよねえと敦子は溜め息を吐いた。

「そのお祖父さんと云うのは、もう相当なお齢のようだし、明治時代の妙な倫理観に囚われてしまっているのも解らないではないんだけど、お父さんと云う人も同じような考え方の人――のようね。これは噂だから滅多なことは云えないんだけど。それで孫の敏子さんは、かなり反発をしていたみたいなのね」

「それで追い込まれちゃったと云う話なんですか？」

「そうだと云えばそうなんだけど」

敦子は箸で丼の中を弄った。

「確執の根はもう少し深いみたい。彼女が死を選んだ理由と思われるのは――勿論本人が亡くなっている以上確実なことではないんだけれど、ざっくりと云うなら悲恋と云う線が濃厚なんだよね」

「その頑固爺どもに恋路を邪魔されたと云うことですか？　恋人と引き離されちゃったことを悲観して？」

美由紀は多分、まだ子供なのだ。

そこまで辛い恋愛と云うものを想像することが出来ない。いや、それは人に依るのかとも思う。是枝美智栄は失恋しても甘いものを沢山食べる程度で遣り過ごしていたようだし、まあ美由紀もそっちの仲間ではあるのだろう。

　敦子は何も答えず暫く黙って蕎麦を食べていたが、やがてまあそうなんだけどもと云った後、顔を上げて、

「貴女、偏見はある？」

　と尋いた。

「は？　まあ偏見の一つや二つはどっかにあるんでしょうけど、自覚はないです。出来るだけ公正にしようと心掛けてはいますけど、まだ無知なんで、知らないうちに偏見持ってたりするかもです」

「そうね。私も同じ。差別や偏見をなくすつもりでいるのに、結果的に目の届かないところに差別の眼を向けていたりすることは多いと思う。人は――みんな違うから」

「そうですね。って？」

　彼女の恋人は女の人だったのよ――と敦子は云った。

「そうでしたか」

「驚かないのね」

「驚きませんよ。そう云うことは、あるんじゃないですか。恋愛に性別関係ないですよ。と――私なんかが云ったところで、どうにもなりませんね。世間はそうは思わないんでしょうし、そんな古臭い家柄なら理解もされない――んでしょうけど」

「そうだったようね。確執は相当強かったみたい。天津敏子さんの恋人は葛城コウさんと云う女性なんだけど、この人も同日から行方が知れなくなっている。ただ独り暮らしだったので、発覚が遅れたのね。見付かったのは二箇月後――」

「え?」

「葛城コウさんは」

迦葉山で亡くなっていた女性よと、敦子は云った。

3

「驕慢です」

美弥子はそう云ったのだが、この度の発言は自らに向けて放たれた言葉ではないようだった。

「自分達の価値観が永遠かつ普遍的で絶対的なものだと信じ込んで微塵も疑おうとしない連中と云うのが、世の中には数多くいるのですわ。そんなものは時代や世相で変化するし、地域や文化で限定されるし、その上、相対的なものですわ。違います？」

「はあ」

「もっと云うなら、価値観なんてそもそも個人的なものに過ぎませんわ。それは多く思い込みです。違いまして？」

「いやあ」

美由紀はあまり真面目に考えたことがない。

善いものは善いし悪いものは悪い。

そこはあまり疑ったことはない。

それもまた思い込みなのだろうか。

そう云うと、美弥子は何故か笑った。

「例えば、人を傷付けるのは良くないこと――これは、思うに時代地域を問わず、普遍の理（ことわり）としていいと思います。と云うより、それはそうあるべきでしょう。美由紀さんが仰（おっしゃ）る善し悪しとはそう云うものではなくって？」

「そうですけど」

そう云う話ではないのか。

そうではないのと美弥子は云う。

「例えば――」

美弥子は小首を傾げた。

「そうね、武士は偉いとか、中でも殿様は偉いとか、そう云うことですわ」

「って、武士いませんよ」

「いないのに未（ま）だ偉いと思っているわ。元武士」

「元士って——それもいませんよね？　だって明治維新って百年くらい前じゃないですか？」

「明治大正を合わせても六十年に満たないのですから、八十数年前ですわね」

「いやいや」

それだって当時の武士はもう百歳近いと云うことになるのではないか。そんなお年寄りが元気でゴロゴロいるとは思えない。

明治と云う時代を造ったのは武士ですわと美弥子は云った。

「って、四民平等にしたのも武士ですよね？」

「それは社会の仕組みね。価値観は必ずしも仕組みと添うものではありませんわ。江戸時代だって、形式上は公卿の方方の方が武士の皆さんよりも身分は上だった訳だけれども、事実上はまるで違っていた訳でしょう。幕府は名目上朝廷を立てていらしたけれども、権力の実体は幕府が掌握していたのですから、公家貴族のご身分はほぼ有名無実、多くのお公家さんは困窮されていたのだそうですわ」

「そうなんですか？」

美由紀にはきらびやかな衣装で鞠でも蹴り乍ら、優雅に暮らしているような印象しかない。

「その捩(ねじ)れこそがご一新の大義名分になったようなところもあるのだと思いますけれど。わたくしも近代史にそれ程明るい訳ではないのでそこは怪しいわ」

「私はまるで無知です。でも、それで世の中が引っ繰り返って、武士は失脚したということになるんじゃないですか？」

「そうじゃないの。結局引っ繰り返したのも武士なんですもの。仕組みは変えたって武士は武士だったのですわ。事実、華族士族と云う身分階級制度はつい最近まであったのですから、平等と云いつつも、偉いんだってことです」

「偉いんですか」

「偉くないでしょう。別に」

美弥子は憎憎しげに云った。

「生まれつき卑しい人間がいないように生まれつき偉い人間なんている筈がないですわ。身分制度は廃止されて、事実上は平等になった訳ですけれども、それでもまだ偉いつもりでいる人が多いと云うだけ」

「つもりなんですか？」

つもりに決まっていますわと美弥子は吐き捨てるように云った。何か、余程気に入らないのだろう。

「親が立派だろうが先祖が立派だろうがその人には何の関係もありませんもの。今の世の中、職業の選択も自由、婚姻も信仰も自由、それがただの建前になっているのは大いに問題だとわたくしは思います。家業も家名も継ぐ必要などないのです。それなのに血統だの家柄だの、そんな無根拠なものに縋(すが)って自らを正当化したり、剰(あまつさ)え地位や名誉を世襲したりする有り様は、愚かと云うより醜くさえあります」

美由紀さん、と美弥子は呼んだ。

「わたくしは先にも云った通り、常に自分の考えに疑義を抱き、正すべきは正そうと心掛けております。それでもどうしても許せない——と云うより嫌いなこと、譲れないものが二つ程ありますの。お判り？」

判る訳もない。首を横に振ったが、既に壙(あな)の中は薄暗く、美弥子も顔を向けていなかったので、判りませんと声に出した。

「一つは——思い込みの激しい人。大ッ嫌いです。自らを省みることをせず、他者の話を聞かず、それをして信念信条と云い切るような人。どんなにその思い込みが正しかろうと高邁だろうと、そう云う人は駄目です。屑(くず)です」

「クズって」

お嬢様の語彙としては意外な選択だ。

絶対に正しいことなんかこの世にはないのですと美弥子は云った。

「縦んば正しかったとしても、正しければそれでいいなんてこともないですわ。それを振り翳すことで傷付く人がいるのなら振り翳し方は考慮すべきです。いいえ、もう一度ことの正否を考え直してみるべきですわ。思い込みや妄信盲従は、あらゆる意味で公平さを欠く、愚劣な態度でしかありませんもの」

もう一つ——と云って美弥子は人差し指を立てた——ように見えた。

「ものごとを勝ち負けで判断する人」

「はあ」

能く解らなかった。

「勝ったり負けたりはいけないですか」

「勝敗と云うのは、極めて限定的なルールが、しかも厳密に施行されている場でのみ有効なもので、それ以外の場に敷延することは出来ないものですわね」

「はあ」

「土俵から出たら負けと云うのは、お相撲の時にだけ有効なルール。転んだら負けと云うのも同じでしょう？」

「まあそうですけど」

「お相撲をしている時だけよ、そんな決まりごとがあるのは。他の場面では無効じゃなくって？　そう云うルールに則ったゲームをしますという諒解が全員にあって初めてそのルールは生きるのですわ。その場合は厳密に判定すべきですけれど、そうでない場合、ルールは失効しています」

「そうですけど」

「その場面で有効とされるルールの中に勝敗が明示されている場合だけ、勝ち負けと云う概念は有効になるのですわ。そうでない場合は無効。世の中には様様なルールがあるけれど、考えるまでもなく勝敗を明示するルールなんて限られています。概ねは遊び。ゲームの類いだけ」

「そうですか？」

そんなこともないように思うのだけれども、でも能く能く考えてみるに、慥かにそうかもしれない。

「例えば法律だってルールでしょう。社会の一員である限り、必ず護らなければいけないルール。多くの禁忌が設けられていますわね。禁忌を破ることは犯罪と呼ばれますわ。でも、犯罪を犯すことは負けではないですわ。だって、それでは勝ちがいませんと美弥子は云った。

「違法者が負けで遵法者が勝ちなんてルールではないんです、法律は。してはいけないと決めたことはしてはいけないと云うだけ。そこに勝ち負けを持ち込むのはナンセンスではなくて？　況てや、ルールも何もない場面にそんな単純化された価値観を持ち込むなんて、愚の骨頂を通り越してそれこそ犯罪的だと思いますわ。それなのに人は、能く勝ち負けでものごとを判断しますでしょう。あれは何故？」

「さあ。まあ判り易いからですかねえ」

「そうね。つまり、思考停止していると云うことね。収入や財産の多寡や、組織内の地位なんて、どうでもいいことよ。課長さんより部長さんが偉いなんてことはないでしょう。している仕事が違うだけ。況て先に出世した方が勝ちなんてルールは存在しません。そうでしょう？」

「いや、まあそうですけど。私なんか能く敗北感を感じますよ。何のルールもないのに負けたような気になっちゃいます。勝手に競って勝手に負けてますよ」

　それは自分ルールでしょうと美弥子は可笑しそうに云った。

「あなたの中のルール。それはいいの。美由紀さん限定で、しかもそのルールは多分厳密なものだから。それに、その場合、判定はあなたが下すのでしょう」

「あ。そうです」

判定を下すのは行司ですわよと美弥子は云う。

「行司は力士ではないので競技者ではないの。ルールを適用する側ね。美由紀さんが美由紀さんだけのルールで、美由紀さんに判定を下しているだけでしょう？」

そうなるか。

「それは単なる自己評価でしょう。一定の評価軸を作って、上回れば勝ち、下回れば負けと呼んでいるだけではなくて？　それこそ判り易いからそう呼称しているだけでしょう。しかも、自分の中だけで」

「いや、正に自分の中での話です。仰る通り、自分ルールです」

「自己評価のルールは好き勝手に創ればいいだけのものですわ。でもそのルールは外の社会には適用出来ないし、しちゃ駄目でしょう」

「まあ、相手にされませんね。と云うか自分で思ってるだけですからねえ」

口に出すことはない。

「ところがそれを口に出す方がいらっしゃるのですわ。自分の勝ちだとか、それでは負けだとか」

まあ、能く耳にする。

美弥子は何をお考えなのかしらと云った。

暗いので瞭然見えないけれど、どうやら口を尖らせている。憤懣遣る方ないと云う表現なのだろうが、顔付きが幼子っぽいので何だか可愛らしい。

「勝ったとか負けたとか。ご自分が世界の判定者にでもなったつもりでいらっしゃるのかしら。なら大いなる勘違いですわ」

云いたいことは能く判るのだが——。

「それは——そうですねえ、ええと、でもそれ、比喩とかじゃないですか」

「比喩でも駄目」

「駄目ですか？」

「駄目ね。要するに多くを切り捨ててものごとを単純化しているだけ。美由紀さんの云うように単純だと判り易いし、断定されるとそんな気になるのだけれど、それ、何も考えていないのと同じですわ。勝ち負けにものごとを喩える人は、きっと物凄く考えるのが苦手な人なんだと思いますわ。わたくしに云わせれば——」

屑より下、と美弥子は云い放った。

「あらら」

「お相撲もそうだけど、スポーツって概ね勝敗のあるルールがあるでしょう」

「ありますよ。なきゃ駆けっ競も出来ないですよ」

「そうね。駆けっこって、何のためにするのかしら」

「え？　まあ」

子供屋の裏の空き地でいつでも子供達は走っている。楽しそうである。

それは何故するのと美弥子は何だか根源的なことを問うた。

「いやあ、子供って、走るもんじゃないですかねえ」

「そうね」

駆けたいから駆けるのでしょうと美弥子は云う。

「走るのが愉しいから走る、ただ走り回るだけでいいのに、集団では無秩序になるから、速い遅いで勝敗を付けると云う単純なルールを設けてゲームに仕立てた——そう云うことではないのかしら。つまり勝つためにやるのじゃなく、愉しいからやるのではなくて。違って？」

愉しくなければやらないと思う。

そう云うと、そうでしょうと美弥子は大きく首肯いた。

「他のスポーツだって同じね。勝敗は飽くまでゲームとしての体裁を整えるためにあるに過ぎないの。スポーツ競技は勝つためにやるものではない筈。やること自体に意味が見出されるべきものでしょう？」

「そりゃそうですけど、負けてもいいやと思っちゃったら、それも面白くないんじゃないですか」

「ほら」

「は？」

「勝たなきゃ駄目、になってますわ」

まあ――なっているのだが。

「勿論勝ちたいと思って努力練習するのはいいのですけれど、勝たなきゃ駄目、負けるのは駄目なんて、そんな莫迦（ばか）なお話はないと思いますわ。練習も試合も含めて愉しくなければ嘘ですし、勝っても負けても面白いと云うのが本来の在り方だったのではなくて。負けても愉しくあるべきものだとわたくしは考えます」

「はあ。でも負けて悔しいとか思うじゃないですか。勝って嬉しいとか」

それが花一匁（はないちもんめ）の文言だと、美由紀は云ってから気付いた。

「それはそうでしょうけど、悔しいと思うことと駄目と思うことは違うでしょう。悔しいと云うのは、次があってこそ。もっと練習してもっと愉しもうと云う気持ちじゃないのかしら」

「ああ」

まあそうなのだろう。

「負けたら終わり、それまでの努力も水の泡――なんておかしいでしょう。何かを習得する過程、熟練して行く過程こそが愉しいのですわ。それこそが人生の糧。勝敗と云うのはただ一度のゲームの結果に過ぎないのであって、人生の結果ではありませんわね。負けたからと云ってその素晴しい過程を全否定してしまうと云うのは、全く以(もっ)て愚かなことです。悔しいと思ったらまた愉しめばいいのです」

その通りだとは思うけれど、矢張(やは)りそれは美弥子のような立ち位置だからこそ云えること――のようにも思える。やっかみのようなものとは無縁なのだろうし。美由紀のような凡人は、中中そうは思えないのではなかろうか。不遇感を持つ者は優越感を求めるもので、その場合勝った負けた基準は単純で、都合が良いのだ。

まあ、勝敗至上主義のような考え方には辟易(へきえき)することも多いのだが。

「大体、負けたら終わりと云うのは大昔の武士の真剣勝負くらいではなくって？　あれは負けた方が死んで仕舞うのです。でもそんな野蛮で下等なものとスポーツなどを同一視すること自体が間違っているとわたくしは思うのです。そんな、黴(かび)の生えた精神論みたいなものは、個人の人生にも社会にも、害悪しか齎(もたら)しません。強い者の方が偉いとか、偉いから凄いとか、だから勝ちだとか、全く以て肚が立ちます」

美弥子は云い知れぬ義憤に駆られたようで、地べたを拳で叩いた。

「そうなったのも、この国を近代化したのが武士だったからですわ。何ですの、あのくだらない戦争は」

「いやあ」

そう云う話はしていない。

と、云うよりも美由紀達は現状、遭難している訳であり。

「武士はこの際関係なくないですか？」

「大いに関係あります。例えば、家父長制だって何だって、元は武家の作法なのではなくって？」

それは――何か聞いたことがある。

誰に聞いたのかは思い出せないのだが。

「家で一番偉いのは男の年長者。当たり前のように受け入れていますけれども、そんなルールはありません。年長者を敬えと云うだけなら理解出来ます。そうするべきでしょう。いえ、年齢性別を問わず、普く他者には敬意を払うのが人としては当然ではなくって？」

「それはそう思いますけど」

別段敬意なんか払って貰わなくても一向に構わないのだけれど、無根拠に攻撃されたりするのは御免だ。男女問わず、誰彼構わず上に載ってくるような人も多くて、面倒臭いから載りたい人は載せておくことにしているのだけれど、美由紀がどう云う態度を執ろうとも、その手の人は先ずは攻撃的に接して来るものなのである。これがまあ、迷惑なのである。

上に載りたがる人は、概ね自信がないのだろうと思う。他人に敬意を払う余裕なんかまるでなくって、兎に角保身に必死だから咬み付いて来るのだ。

叩かなきゃ叩かれると思っているのだろうし、先に叩いた方が上だと思っているに違いない。そう云う人にとって人間関係は上下関係でしかなく、上は下を無条件に叩けるのだと考えているのかもしれない。

そうしてみると、それは美弥子の云う勝ち負け判断と同じ――と考えることも出来るだろうか。

「まあ、お年寄りは大切にしなきゃいけないとは思いますけど」

そう云った。

美由紀なんかがごちゃごちゃ云っても始まるまい。

美弥子はそうねと軽く答えた。

「でもね、美由紀さん。年長者だから、しかも男性だから無批判に従えと云うのはおかしいですわ。齢を取っていようと男だろうと、間違うこともありますし、駄目な人もいます。年齢や性別に拘らず、莫迦は莫迦ですわ」

「いや、まあそうですけど」

「彼等の云う家と云うのは、家族のことではないのです。自らの血統を引いた集団のこと。嫁は人質。嫁の実家は味方。戦うことを前提とした考え方です。それは、武家の、しかも古い武家の在り方でしかありませんわ。要するにそれは、自分か自分の直系を頂点とした勢力を拡大して行きたいと云う浅ましい欲望から発生した、極めて前近代的な、卑しい想いの結実なのではなくって？　そう云う人に取って家と云うのは単なる肥大した自我に過ぎませんわ。そうなら、配偶者も子供も孫も、家族の総てがその自我を護り拡げるための道具に過ぎなくなります」

「ああ」

そんな話も何処かで聞いた。

敦子の兄が云っていたのかもしれない。

それともそう云う話をあの人から聞いた誰かからの又聞きだったかもしれない。直接聞かされていたならもっと覚えている気がする。

「皆さん儒学だの道徳だの、尤もらしい屁理屈をつけるのですけれど、後講釈も甚だしいとわたくしは思います。肥大した自我を温存するため、そしてそれによって齎される既得権益を死守するための、男どもの詭弁です。極めて前時代的ですわ」

「いやあ」

そうじゃない男の人もいるんじゃないですか——と美由紀は恐る恐る云った。

「いますわ。沢山。いて当然です。同じように、それを疑問に思わない女性もまた多くいるのです。別にそう云う考えを持つこと自体は問題ではないの。世間には色んな方がいらっしゃるのですもの、そう云う人だっていますでしょ。それは仕方がないことです」

「いいんですか」

「いいの。でも、それが当たり前だと思い込むことが思考停止で、それを他者に強要することが罪悪だと、わたくしは云っているのよ」

「ああ。そうですね——それは解りますけど」

その話はまあ解るのだが、矢張り関係ない気がする。

最早何の話だったのか判らなくなりつつある。関係ありますかと問うと、大ありですわと云われた。

「だって、そう云う考え方だからこそ、婚姻イクォール妊娠出産になってしまうのではなくって？　即ち、婚姻と性的関係は同義になってしまうと云うこと。恋愛もその図式に当て嵌まらない場合は駄目。婚姻をしない、出来ない関係は、性的関係のあるなしに拘らず不義だの不倫だのと規定されるのですわ。それは別のことよね？」

「それ、がどれか判りません」

「生涯の伴侶——人生のパートナーとすること、恋すること、そして性的関係を持つこと、子供を作ること、これって、それぞれに深く関わり合ってはいるけれど、同じことではないとわたくしは考えます。わたくしは美由紀さんのことを好ましく思っていますけれども、恋をしている訳ではありませんし、性的な関係を持ちたいとも考えてはいません」

「は？」

顔面が紅潮した。

「お顔を赤らめることはなくってよ。そうではないと云っているのですから」

「く、暗いのに能く判りましたね」

「あてずっぽう」

美弥子はそう云ってから、うふふと笑った。

「わたくし、女学生時代にエスのお友達もおりましたけれど、親密と云う以上の関係にはなりませんでしたわ――」

エスと云うのは女学生の間で使われる隠語である。シスターの頭文字のSから来ているのだそうで、仲良しと云う以上の間柄――を指すらしい。女学校には女しかいない訳であり、云うまでもなく女同士の関係と云うことになる。一般的にどの程度通用する言葉なのかは知らない。美由紀は今の学校に編入するまで知らなかった。

美由紀の通っている学校にも、エスと噂される者達や、公言している者までいる。誰と誰がどの程度の間柄なのか実態を把握することは難しいのだが、ただ口祥ない雀達の言に拠れば、まあ相当にえげつない関係と云うことになるのだけれど。

「残念乍ら――」

わたくしには同性と性的な繋がりを持つ素養がないようですと美弥子は云った。

「素養なんですか？」

「そこは難しいところなのだけれど、そうじゃないかしら。少なくとも嗜好なんかではなくってよ。だって、それ以外の選択肢が持てない方もいらっしゃいますもの。性差を問わずと云う方もいるようよ」

また赤くなっているのと美弥子は云う。

「し、知りません。自分の顔は見えませんから」

「恥ずかしいことではないの。徒に秘め事扱いするから勘違いする輩が増えるんだと思いますわ。どんなものにも節度は必要だし、礼儀も場所柄も弁えるべきだとは思いますけれども、それ自体は恥ずかしがることでも、隠すことでもないと思うのですけれど――犯罪ではないんだし」

「そう――ですよね」

「強制的に性的関係を求めたり、暴力を振るったりするのは考えるまでもなく犯罪ですけど。以前、婚約していたバカ男が――そう云う下等な奴でしたのよ」

「へ？」

「榎木津さんが婚礼を完膚なきまでにぶち壊してくださったので、迚も助かりましたの。あんな最低な男の本性が見抜けなかったと云うだけで、このわたくしも万死に値します。強姦や痴漢は――女性を、いいえ性差を問わず、性そのものを侮辱し陵辱する凶悪下劣な犯罪でしかありませんわ。わたくしが中世の為政者だったら、投獄して二度とお日様を拝ませないのに」

美弥子はまた地べたを叩いた。

かなり怒っているようだ。

「能くって美由紀さん。恋愛と結婚と生殖と性行為を同一軸で語るのは、それが都合が良いからに過ぎなくってよ。誰の都合かと云えば、武家社会の残滓をずるずると引き摺った時代遅れの一部の男共の都合。現行の制度もそう云う連中が造ったの。制度は兎も角、明文化されていないところまで縛られるのは御免ですわ。慥かに、今の法律では同性同士の婚姻は出来ないし、生物学的に同性での生殖は出来ないけれど、それ以外は平気。堂堂としていればいいのではなくて？」

「そうもいかないんじゃないですか」

白眼視される。

異端視される。

美由紀だって——田舎者でそんなに裕福ではなくて背丈があると云うだけで——取り敢えず一旦蔑視はされるのだ。大勢と違う行動を執ったり、違う意見を述べたりしても、煙たがられることは間違いない。

美由紀なんかの場合は世間が狭いし未だ子供だから、どんな扱いをされても高が知れているし、その辺は割と平気なのだが——それだって堪えられないと云う人はいるだろう。

気にする必要はないのよと美弥子は強い口調で云った。

「そうは思いますけど」

「判ります。わたくし、仲の良いおかまの方がいますの」

「へ？　それは？」

釜でも窯（かま）でも、鎌でもなかろう。

「性別は殿方なのに、中身が女性なの。女性なのに男気のある——あら変ね。でもそう云う人。金（きん）ちゃんと云うのよ」

想像出来ない。

「本名は熊沢金次（くまざわきんじ）——だったかしら。もう五十歳くらいだと思うけれど、お相撲さんの松登（まつのぼり）に少し似ていて、白髪交じりの丸坊主だし、割と腕力も強いのだけど」

「お、おじさん？」

「見た目はそう。でも心は女性。父と余り変わらない齢ですけれど、わたくしの大事なお友達なのですわ。話が合うの。明るくて愉快だし。ダンスも上手。淀橋（よどばし）辺りの品のない酒舗（バー）にお勤めしているのですけれど」

「か」

顔が広いですねと云うと、榎木津の紹介だと云われた。それならまあ、解らないでもない。

「金ちゃんは——まあ、そんななので、かなり世の人人からは色眼鏡で見られているようですし、心ない人達からの迫害も受けているのですけれど、まるでめげないのです。何故なら、恥じることもないし、他者に迷惑も掛けていないからですわ。世間は金ちゃんを理解しないし受け入れもしないけれど、金ちゃんはそんな世間を理解しようとし、受け入れようとしているのです」

「受け入れて貰おう、としているんじゃなく？」

「そんなことはしません。金ちゃんは迎合はしないの。金ちゃんの方が、駄目な世間を受け入れようとしているだけ。世間様よりもずっと度量が広いのですわ。多少下品ではあるけれど、そこは大いに見習いたいところです」

「尋いていいですか」

　その人は。

「あ、金ちゃんはそう云う人なの。好きでそうなった訳ではなくってよ」

「生まれ付き、と云うことですか」

「それはわたくしには判らないけれど、少なくとも他の生き方が選べない人ではあるの。さっきも申しましたけれど、好き嫌いで選んだと云う訳ではないのね」

　嗜好なんかじゃないと云っていたか。

「同じような方でも、自らを押し殺して世間の物差しに合わせようと、辛い思いをされている方もいらっしゃるようよ。でも金ちゃんのように堂堂と生きるのは、もっと辛いと思うけれど。間違いなくそう云う人はいて、それは動かし難い事実で、そう云う人達が生きづらいと云うなら、世の中の方が間違っているんだとわたくしは考えます。美由紀さんは、如何？」

「それはそう思いますけど」

「間違っていない方が間違った方に合わせないと立ち行かないと云うのは変よね」

「間違っていないとも思ってないし間違ってるとも思わないんじゃないですか。そうでない人達は」

「それ」

わたくしの嫌いな思い込みよねと美弥子は云う。

「金ちゃんのお店には、金ちゃんの他にも男性なのに女性の衣服しか着られないと云う人や、男性なのに男性しか好きになれない人もいます。人は皆違うから、色色な人がいて当然。これは良くてこれは駄目なんて、人を峻別するようなことは許されません。だって」

平等なのよねと美弥子は云う。

「それもこれも、捩曲がった武士道みたいなろくでもないものを崇めて、家だの血筋だの云うどうでもいいものを護ろうとばかりする、頭が苔生した連中の思い込みに過ぎなくってよ。連中はいいだけ威張る癖に強い者には媚びるし、そうでなければ喧嘩を売って潰しにかかる。勝てば絶対的に偉くなって、負ければお終いだと考えているのです。そんなだから——戦争なんかをするんですわ」

大迷惑よと美弥子は吐き捨てる。

まあ慥かに、無関係と思っていた話にも脈絡はあったようである。

そこに関しては美由紀も納得した。

「人を何だと思っているのかしら。男の方が皆そうだとは全く思いませんし、男だから駄目だともまるで思いませんけれど、少なくとも今の世の中や制度は、そう云う頭のお悪い方方の都合で創られたものなのであって、必ずしも、いいえ、決して正しい在り方ではないのです。それを無批判に妄信したり盲従したりすることが我慢ならないと、わたくしはそう云っているのですわ。お判りよね」

「判りました」

真逆、山の中の壙の中でこんな講釈を聞くことになるとは、流石の美由紀も思わなかった。ただ、美弥子の云うことはいちいち尤もではある。

色色難しいのだろうな、とは思うが。美弥子や、その金ちゃんと云う人なんかはその難しさに対して果敢に立ち向かって生きているのだろうと思う。

「わたくしの父なんかも、表向きは理解を示すものの胸の奥ではわたくしのこうした考えを快く思っていないのです。金ちゃんとのお付き合いも、ことあるごとに窘(たしな)められますし」

それはまた別の問題であるようにも思うけれど、どうなのか。二十歳そこそこの娘がいかがわしげな酒舗に出入りしたりすることは、そんなに褒められたことではないようにも思うのだが。

わたくし成人するまで酒精(アルコール)は戴きませんでしたわと美弥子は云った。

「勿論、美由紀さんにも勧めません。法律厳守は国民の義務。義務を果たさなければ文句は云えませんもの。権利を主張するなら義務は果たすべきだと思いますわ。悪法は変えるべきですけれども、変えようとするなら正当な手続きを経るべきですし、変わるまでは従うのが当たり前ね」

いや――それもそうなのだけれど、お酒を飲まなければ良いと云う話でもない気がする。金ちゃんがそう云う人でなかったとしても、同じように云われていたのではなかろうか。品がないようだし。

美由紀さん、と美弥子が呼ぶ。

「わたくしが驕慢だと云った理由がお解りになって？」

「え？」

既に、誰に対して傲慢だと云ったのか判らなくなっていた。

「ええと」

「ですから、この山で自死した女性のお父様のことです。慥かに同性同士の婚姻は現行法では無理ですけれど、同性を好きになることは禁じられていませんし、入籍は出来ないとしても、同性を人生のパートナーに選んだって構いはしないでしょう。縦んば相手と性的な関係を持っていたのだとしても、他人に口を出される筋合いはなくってよ。親族と雖もそこは変わらないのではなくって？　生き方は自分が決めることですわ。それを、家だの跡継ぎだのそんなものを振り翳して、自死に至るまで追い込むなんて――」

「ああ」

そうなのだ。

その話をしていたのである。

そう云う話を聞くとどうしても憤ってしまうのと美弥子は云った。

「血筋を保ちたいなら方法は幾らでもあります。同性同士で子は生せないけれど、人生の伴侶と生殖のためのパートナーは別でも良いのじゃない？　何もかも一緒くたにしてただ思い込みの倫理観や道徳観を盾に追い詰めるから、こんな悲劇が生れるのです。その方は、自分は異常だと思ってしまったのですわ、きっと。異常なんかじゃないわよ」

異常である訳がない。

百歩譲って異常であったとしても、異常を受け入れられない世の中はあまり居心地が良いとは思えない。

「相手を慮り自らを省み、思い込みを捨てて真摯に臨めば、仮令決定的に意見が合わなかったとしても――このような事態には決してならない筈ですわ。その人の父親は、彼女を諭したのでも叱ったのでもなく、ただ娘に勝ちたかっただけです。その人は負けて」

死を選んでしまったのでしょうと美弥子は云った。

「驕慢さは人の命を奪ってしまうこともあるのですわね。わたくしも、深く自戒したいところです」

「そうです――よね」

それも美弥子の云う通りだと思う。

「この壙に落ちたのも、まあわたくしの傲慢さ故ですわ」

美由紀は美弥子が傲慢だとは些も思わないけれど、まあ今自分達が置かれている状況も危機的ではある訳で——美由紀にしてみれば、粗忽さは死を招くと云われた方が確実にピンと来るのだけれども——。

暗い。

すっかり陽は落ちたようだ。

元元薄暗い場所だし、更に壙の中なのだからより暗いのは当然である。それでも漆黒の闇ではないのだろう。山中の闇は深いが、目が馴れると云うことは微かでも光量は保たれていると云うことである。

明るさが人の思考や感情に与える影響と云うのは大きいのかもしれない。楽天家を以て自認する美由紀が、やや心細くなって来ている。

耳に届く美弥子の声が頼もしい。

途切れると少しだけ不安になる。

わたくしの友人の中にも薩摩武士のお孫さんがいらっしゃいます——と美弥子は続けた。

「お友達のお母様やお祖母様とも親しくさせて戴いていますの。彼女達はこう仰っていました。殿方は、顔を立ててやらないと役に立たない――と」

「はあ」

「薩摩と云えば男尊女卑のようなことを仰る向きも多いようですけれど、少し違うようです。男が偉いのではなく、殿方は女性に持ち上げられていただけ」

「煽てられてるだけなんですか？」

「煽てると云うのとは少し違いますわ。ご婦人は誠心誠意尽し、本気で人生を磨り減らして殿方を立てているようですの。そこまでされて奮起しないと云うなら、余程のろくでなしですわよね？」

「まあ――そうですねえ」

そんなに尽されたら却って辛いのではなかろうか。期待に応えられる人ばかりではあるまい。

「でも、だからこそ、そうした習性は確りとした相互理解の下にのみ成立するものだと云うことですわね。殿方は口には出さなくとも深くご婦人方に感謝し、ご婦人方は云われなくともそれを信じ――」

「口に出さなきゃ解らないんじゃないですか？」

そこが問題——と美弥子は云った。

「口にしないのがお約束ですわ。一度でも感謝を口に出してしまえばお終い。次からは口に出さなければ感謝はないのかと考えてしまいますでしょう？」

「何度でも云ったら好いんじゃないですか？　減るもんじゃなし、本当にそう思っているんなら平気ですよね？」

「でも、そうなれば、感謝されたいがためにしていると云う体(てい)にもなってしまいますでしょう。それだと話が違ってしまいますもの。それはあくまで殿方の自尊心(プライド)を傷付けないように計らいつつ、黙って働かせるために形成された関係(コミュニケーション)なのですもの」

「はあ」

「お約束が壊れてしまえば、自分は働きたくないからお前も俺を立てなくていいよと云うことにもなりますでしょう。感謝なんかしたくないから尽さないでくれ、と云うことにもなり兼ねませんわ。感謝しないなら何もしませんと云うケースもあるでしょうし。それでは、生活が成り立たないのです」

「そんなもんですか」

「昔は——と云う話ですわ。今日的(こんにち)ではないの。もうそんな関係性は壊れてしまったし、通用しないと、お友達のお母様も仰っていましたし。ところが」

「はあ」

「殿方の方は勘違いし続けているの」

「何をです？」

「奉られ続けているうちに本当に自分が偉いと思ってしまう莫迦が生まれたのね」

「バカ——ですか」

クズ、ろくでなし、バカ——お嬢様の語彙は思いの外豊富だ。聞けば相当変梃な人脈があるようだから、世間も広いのかもしれない。

顔も姿も殆ど見えないので、余計にそう感じる。

「そんなもの、形骸化してしまえばただの悪習ですわ。お約束が壊れても確りとした相互理解さえあれば——仮令なくとも理解し合う努力があったなら、それで何とでもなるものを、その大事なところだけは等閑にして尚、形式だけを遺しているのですから始末に負えないのです」

「ええと——」

「何の憑拠もなく殿方が殿方だと云うだけの理由でご婦人に尽力奉仕を強制するなんて、狂気の沙汰ではなくって？」

「そりゃそうですけど」

「その方が殿方に都合がいいからでしょうね。自尊心も護られるし、威張れるし。自分達は無条件に偉いと思い込むことで、ようやっと自分を保っているのですわ。それは小心者のすることではなくって？　勘違いも甚だしいとは思いませんこと？」

「ああ。でも」

ありがちではある。

「そう云う一握りの小心者のために、どれだけ多くの犠牲が払われていると云うのでしょう。搾取され差別されているのは女性だけではなくってよ。実を云うなら、先程お話しした金ちゃんも——」

薩摩のご出身ですのと美弥子は云った。

「はあ。そうでしたか」

「金ちゃんは自分には故郷の風土が馴染まないの——なんて云っていたけれど、相当に嫌な想いや辛い想いをされたんだと思いますわ。金ちゃんは出征もしているのですけれど、軍隊生活もそれは嫌だったと云っていました。それはそうですわ。軍隊には女性がいないのだし、黴(かび)の生えた武士道やら無意味な精神論が罷(まか)り通る、小心者の叩き合いみたいな処なのでしょう？」

「し、知りませんけど」

「壊れたら捨てればいいし古くなったら改めればいいのです。お約束を護らず使えなくなった仕組みを、上面だけなぞって都合良く作り換え、伝統などと云い張って温存するなどと云う行為は到底許せるものではありません。わたくし——」

間違っていますかと美弥子は尋いた。

「聞いている分には間違っていないようですけど——と、云うより、首肯けるところばっかりではあるんですけど、まあ反対意見もあるでしょうし、立場に依っては違う考え方も出来るんでしょうから、私のような世間の狭い勉強不足の小娘には即座に判断出来ません」

美弥子も敦子同様、理を求めてものごとを見据えているようだ。でも、敦子と美弥子は少し違うようにも思う。

敦子は極めて現実的な処に軸足を置いていて、そこから真理を見上げ、そこに至る道を模索しているような感触が美由紀にはある。

一方美弥子は、斯あるべしと云う理想に軸足を置き、下界の矛盾や誤謬に苛立っているような感じがする。勿論、それは印象であって何の根拠もない。

そんなことを考えていると、突然、素晴しいわと美弥子が声を上げた。

「な、何がありました？　脱出方法とか思い付いたんですか」

「違いますわ。美由紀さんの答えが素晴しいと申し上げています」

「は？」

「わたくしは、今のところ自分の考えが間違っていると思っていません。思っていないからこうやって口にしています。でも何処かしら間違っているかもしれないし、全部間違っているのかもしれません。指摘されて納得出来たなら、即座に考えを改めますわ。ですから、わたくしのお喋りをお聞きになって、一時的に納得したからと云って、妄信してしまうような態度はいけませんし、解らないから否定すると云うのもいけません。一家言持っていないなら、美由紀さんのように答えることが正解なのだと思いますわ」

　そうなのか。

　美由紀は敦子ならこんな風に答えるかなと思って真似してみただけなのだが。

「迚（とて）も良くってよ」

　美弥子は実に愉しそうにそう云ったのだが、勿論そんなことで喜べるような状態ではない。

「いずれにしても、その亡くなった方を追い込んだのはその方のご家族です。世間の目がどれだけ過酷でも、護るのは家族であるべきですのに——その方」

「天津敏子さん――です」

「そう、その天津さんが首をお吊りになったのも、このすぐ近く――と云うことですわよね？」

「お吊りになったって」

妙な云い方だったので笑いそうになってしまったのだが、考えてみれば笑って良いようなことではない。美由紀はお化けも死体も怖いとは思わないけれど、それでもそんな風に云われると少し変な気分になってしまう。

惨しいことですわと美弥子は云った。

「死ぬことはない――と、口で云うのは簡単ですけれど、その道しか選べなかったのでしょうか。さぞやお辛かったのでしょうね。遺されたご家族はどのようなお気持ちなのか、わたくしには察することが出来ません。それでもまだ、旧弊を捨てる気にはなられないのかしら」

「聞いたところに拠れば、そうらしいですけども」

敦子は鳥口からかなり詳しく話を聞いていたようだった。それは勿論、興味本位の弥次馬根性で聞いたのではなく、是枝美智栄の失踪との関連性を計るための聞き込みだった訳だが――。

天津敏子の父、天津藤蔵(ふじぞう)は、遺体発見時既に高尾山薬王院付近にいたと云う。発見の報告を待たずに山に登っていたと云うことになるだろう。

どうやら、捜索が高尾山に絞り込まれたと云うことを聞き付け、居ても立ってもいられなくなった——と云うことであったらしい。

その話を聞いた時、余程心配だったのだろうと美由紀は思った訳だが、どうもそれは早合点だったようである。

事実は少しばかり違っていた。

天津藤蔵は、娘が女同士で情死している可能性を危惧した——のだそうである。若い女性二人が世を儚(はかな)んで心中——などと云うことになれば、それはもう下世話な醜聞としては申し分ない。三流雑誌の記事としては持ってこいの材料となるだろう。

事実、なったのであるが。

雑誌には載ったらしい。一応匿名になっていたらしいのだけれど、特定は簡単に出来たようである。何しろ、高尾山中で首吊りと云う報道は新聞でも為されていたのであるし、場所と日付を鑑みれば調べるまでもなく判ることである。

天津藤蔵の行動は無意味なものに終わったと云うことになる。

そもそも亡くなっていたのは天津敏子一人だったのだし。

天津藤蔵は、芝居や心中ものにあるように、二人の遺体が紐で結ばれているような状態を危惧していたらしい。そうであった場合、そうした状況が新聞などに載ってしまうことを懼れた訳である。昨今の報道は速いから、そうだった場合は現場で警察に根回しをし、発表に手心を加えて貰うつもりだったようである。

そんなことが出来るものなのだろうか。

警察のような公的機関や、新聞や放送などの報道機関は、事実は事実のままに伝えるものだと美由紀はそれこそ思い込んでいたのである。

敦子の説明に依ればそんなことはないのだそうだ。捏造や改竄は以ての外だが、例えば関係者や遺族に著しい不利益が齎されるような場合や、社会に与える悪影響が懸念されるような場合は、情報の一部が伏せられることがあるらしい。また、現在進行中の犯罪に関しては、捜査に支障を来すような情報は開示しないこともあると云う。

このケースがそうした条件に当てはまるものかどうかは、疑問である。ただ美弥子が憤るように、現状同性の恋愛が社会的に認められているとは到底云えないことは確実だろう。そうした状況下にあっては、遺族の要望は聞き入れられる可能性が高いだろうと敦子は云っていた。ただ、仲の良い友達同士が連れ立って自殺したと云う程度の表現になるだけだろうとは云っていたけれど。

心中や情死と云う表現はしないし、それを思わせるような状況証拠は伏せる——勿論、それは調べてみないと断定出来ないことであるから、或る意味では当たり前のことなのだろう。

敦子の話し振りから感じられたのは、天津藤蔵は寧ろ、所轄警察の上層部が同性の恋愛に対して強い嫌悪感を持っていた場合に、死者を貶めるためにわざと扇情的な発表をする可能性を懸念していたらしい、と云うことである。

そんなことがあるだろうか。

犯罪者扱いは余りにも哀しい。

美由紀がそう云うと、敦子はあるかもしれないと答えた。

あの日。

蕎麦を食べ終わった敦子と美由紀は、子供屋には戻らなかった。寒くはなかったから近くの空き地に移動して、廃材の上に腰掛けて話を続けたのだった。

「駄目だよね」

敦子はそう云ったのだ。

「私達は何でこんな処にいるの？」

「いや、子供がうようよいる駄菓子屋さんで話すことじゃないでしょう」

「それはそうなんだけど。自殺や失踪の話は、そもそも駄菓子屋や蕎麦屋でするものじゃないとも思うし。でもね」

その時の敦子の、何だか遣り切れないと云った貌は、迚も印象的だった。

「さっきも云ったけれど、私は差別的な感情は持たないように努力しているし、実際そう云う意識を持っていると云う自覚はないんだよね。事実、宗教的な戒律や文化的な偏向を除けば、そう云う人達――そう云う人達と一括りにしたりするのもいけないと思うんだけど、その人達とそれ以外の人達を分かつ理由はないし、況てや蔑んだり蔑まれたりするような謂われは、全くないでしょう」

「ないですね」

「ないの」

そう云って敦子は空を見上げた。

その日の空は、曇っているのにどこか透明な感じがする、高い空だった。

「そんな理屈は何処を掘っても出て来やしない。私は情動よりも論理を重んずる傾向があって、ならば何の蟠りもない筈なんだよね。でも、深く考えてみると、自分は本当にそうした在り方を受け入れているのか、真実分け隔てたりしていないのか、心に一点の曇りもないのか――不安になる」

「まあ、それは」

そんなものじゃないかと思うと云った。

「そう努力する姿勢が大事なんじゃないですか？」

「それはそうなんだけど、もっと根源的な不安——かな。人は、自分と似たものを好み、違うものは遠ざける傾向にある。動物は概ねそうだろうから、これは仕方がないことでしょう。犬や猫を可愛らしく感じる人が多いのは、人の形や仕草を想起し易いからだと思う。昆虫や爬虫類を人に寄せるためにはかなり高い抽象化が必要になるでしょう。生物として貴賤は全くない筈なのに、外見が何かを隔てている」

「まあ、虫は多少苦手です」

違いはないのよと敦子は云う。

「それってもう単なる好悪でしかないもの。動物は兎も角、人間の場合は見た目が違うからと云って遠ざけ、差別するなんてことは本来的にあってはいけないことでしょう。人種差別の問題だって、文化的背景を含め様様な理由があるんだろうけど、根っこの部分は同じだと云う気がするの。それは許されないことでしょう。でも外見の違いと云うのは或る意味で判り易いから、将来的には解消して行くことも出来るんだと思う。でも、心の問題は」

判り難いのと敦子は云った。

「何もかも、何ひとつ違いがないのに、まるで違っていたりする。それは当然で、人は皆違うのだし、在り方は多様であるべきで、多様性は認めるべきだから。それは本気でそう思っているんだけど、それなのに何処かで距離を置いている自分がいる気がする」

敦子は下を向いた。

「家系差別だとか職業差別だとか地域差別だとか——そうしたものに関してはなくすべきだと思うし、私の中にそんな差別感情は全くないと云い切れる。勿論、性的に違いがある人達に向けても、同じように思う」

「でもそう出来ない、と云うことですか？」

差別感情はないのと敦子は云った。

「それは本当。ある部分が違っているだけで、それ以上の違いはないんだと承知しているし、それがいけないとか、悪いとか嫌だとか、そんな風に感じることはない。全然ない。それなのに——そうねえ」

何かを畏れているのかしらと敦子は云った。

「おそれ、ですか？」

「もしかしたら自分の方が駄目なんじゃないか、間違っているのじゃないかと思ってしまうのかもしれない」

「どう云うことです？」

「異常と正常と云う区分は、本来的に到底承服出来るものではないんだけど、でも世間では簡単に使うよね。そう云う物差しで見た場合、多く異性愛者が正常で、それ以外は異常と云うことになりがち。そんなことは絶対になくて、さっきも云ったけどそれは単に数の問題だったりするでしょう。だからそう云う偏見や刷り込みを出来るだけ外して、そして熟慮してみると――」

異常なのは自分の方じゃないかと思うことがあるのと敦子は云った。

「いや、そうですか」

「うん。正常異常と云う分け方自体がおかしいんだから、そう考えるのもおかしい訳だけれども、そう云う妄執に囚われることもある。きっと」

敦子はそこで言葉を切って、一度空を見上げた。

「彼や彼女達の方が人としてピュアな在り方だと予想しているのかな。考え方に依っては、性別と云う生物学的に逃れられない枷から解き放たれていることにもなる訳でしょう」

「ああ、そうか」

「一方で、そうであるにも拘らず――だからこそ、かな。そうした人達は肉体と云う脱ぎ捨てられないものが、この上ない重しになっている訳でしょう。それに加えて社会と云う壁もある。私は、弱者と云う呼び方にも抵抗があるのだけれど、生きて行き難いことは間違いないと思う」

「まあそうでしょうけど――」

「社会の壁は、いずれ超えられると思うのね。時間は掛かると思うけれど。そう云う意味では、同じような壁に突き当たっている人は大勢いて――そもそも、ただ女性だと云うだけで何らかの迫害を受けていたり搾取されていたりすると云うのが現状なんだし、そうした偏見は何としても変えて行かなくちゃいけないんだと思う。性の問題に関しても同じだと思っている。そうなんだけど――」

矢っ張り怖いのかなと敦子は云った。

「何がです？」

「だから、真剣に向き合うのが怖いのかもね。と――云うか、真剣に向き合うことで自分の中の何かが変わっちゃう予感がして、それが怖いのかな」

上手に云えないと敦子は云った。

「どっちにしても、腫れ物に触るような扱いをするのは間違っていると思う。もっと普通に接するべきなの。だって、普通なんだから。普通って云うのもおかしいんだけど、巧い言葉がないから。いずれにしても、彼等彼女等は変でもないし劣ってもいない。それなのに人前で話題にすることを憚ってしまうでしょ。現にこうやって野原でお話ししてるじゃない」

それで駄目、なのか。

「例えば公共の場で話すことで当事者が不利益を被ったりすることもあり得る訳だから、今の無理解な社会状況を考えれば、デリケートな話題になることは間違いないんだけど——」

「真面目なんですよ敦子さん」

美由紀はそう思う。

「別に駄目じゃないですよ。私なんかも同じように考えますけど、考えが足りないので、割と平気です。人を傷付けるのは嫌だけど、傷付けようと思ってなくても傷付けちゃうことはあるし、そう云う場合は謝るしかないですよ。取り返しのつかないこともあるのかもしれないから慎重になるべきだとは思いますけど、考えが足りないのですぐに失敗ります」

「まあそうだけど」

「私、男同士が恋しようが女同士が恋しようが全然気になりません。物凄く表面的にしかものごとを見てないからそう思うのかもしれませんし、単なる物知らずなだけかもしれませんけど。それ以前に、恋愛自体が能く解らないんですよね。頭の中がお子様なんですね。ただ、無心に遊ぶ子供達のすぐ横で、色恋沙汰や首吊り自殺の話もナイかなあって――それだけのことですよ」

敦子は吃驚した子供のような顔をした。

「何です？」

そうよねえそれだけのことよねえと云って、それから敦子は美由紀に顔を向け、

「普通なのは貴女ね」

と感心したように云った。

何のことかは判らなかったけれど、何かと比較しない限り、概ね誰でも普通は普通だろう。

「私は頭でっかちなのよね、きっと。そもそもこの事件に関して云えば、その部分は核心に関わるものでもない――のかもしれないし」

細かいことは気にせずに話すことにすると敦子は仕切り直すように云った。

「自殺した天津敏子さんが何時頃、どのように自殺現場まで行ったのかは確認出来てないのね。家を出たのが、発見前日の早朝より前だったと云うだけ。現場には遺書もなかったようだけど、家に残された置き手紙がそもそも遺書のようなものだった訳だから警察も自殺と判断したのでしょう。でも」

「でも？」

「同行者がいなかったかどうかまでは判らないのね。自殺の動機は恋人との行く末を断たれてしまったことに因る絶望――なんだろうから、なら」

「心中――と云うことですか」

「そうであってもおかしくないと、お父さんの藤蔵さんも考えたのでしょう。事実相手の葛城さんの行方も、敏子さん失踪の日から判らなくなっている訳だし。駆け落ちなら兎も角、命を絶つとなれば、これはどちらか一方と云うのも不自然――ではあるでしょうし」

美由紀には矢張り失恋で死を選ぶ人の気持ちは判らない。判らないけれど、それはもう辛かったんだろうなとは思う。それ程好き合った相手がそれ程辛い気持ちになっていて、死を選ぼうと云うところまで追い詰められて、知らんぷりはないだろう。

もしも同じ気持ちであったなら――。

「死ぬなら一緒に、と思いますかねえ」

それは判らないと敦子は云った。

「必ずそうなるとは云えないよ。止めたのかもしれないし、止めたのに死んでしまったから跡を追った、とも考えられるでしょう」

そう、葛城コウも亡くなっているのだ。

「その葛城さんが、行方不明の是枝さんの衣装を身に着けていた、と云うことになる訳よね？」

「ええまあ。そうなりますけど」

「この前の推理――と云う程のものではないんだけど、あの当て推量が当たっているのだとしたら、是枝さんは葛城さんと衣服を交換した可能性が高い、と云うことになるのじゃないかしら」

それもそうなるだろう。

「そうなら、是枝さんが衣装を交換したのは高尾山中でしょ。葛城さんも当然、高尾山にいた――と云うことになるよね。しかも交換したのは是枝さんが山に登ってから天津さんの遺体が発見されるまでの間、と云うことになるでしょう。違うかしら」

「違わない――か」

美由紀は時系列が整理出来ていないのだが、天津敏子の遺体は是枝美智栄の捜索開始直前に発見されている訳だから——。

　そう云うことになるのだろう。

　是枝美智栄の捜索願が出された時、既に天津敏子は亡くなっていたと云うことになるのだろうし。

「天津さんの正確な死亡時刻は判らなかったんだけど、そうなら葛城さんが天津さんの自殺現場にいたか、そうでなくとも自殺した遺体を見ていると云う可能性は迚も高いと云う気がする」

「え？　じゃあ」

　どう云うことになるのだろう。

「心中するつもりが怖くなって、一人だけ止めちゃったとかですか？」

　それじゃあ落語よと敦子は云った。

「ないとは云えないけれど、もしそうだったなら何か痕跡が残っているのじゃないかと思うし、そんなのがあったなら下世話な雑誌が嗅ぎ付けているようにも思う。警察が黙っていても、人の口に戸は閉てられないから。あの人達は見逃さないでしょう」

「痕跡ですか？」

「二人で登ったと云うことが確認されただけでも適当な記事を書くと思う。実は首吊りの輪が二本下がっていたのだとか、腕に何か結んだ痕が残っていたとか、それで充分なの、その手の人達は。現に何もなかったのに書いているんだから」

そんなものなのか。

人が亡くなっているのに。

「私は、葛城さんは天津さんの自殺を阻止しに行ったのじゃないかと思う」

「止めさせようとしたと云うんですか」

「自分の好きな人が世を儚んで死のうとしていたら、止めない？」

そりゃ全力で止めますと答えた。

「好きな人でなくたって止めます。知らない人でも止めますって」

目の前で人が死ぬのは――御免だ。

友達が、友達になれた筈の人が、美由紀の前で相次いで死んだ。一人は屋上から転落し、一人は首をへし折られ、そして一人は眼を貫かれて。この間も一人亡くなっている。

もう沢山だ。

私もそう思うと敦子は云った。

「知っていたなら必ず説得に行った筈。知らなかったとしても、心配はしたでしょうし。でも間に合わなかった――と云うことじゃないのかな。そうでなくては、そんな時間にそんな近くにいたことに就いての説明が付かないでしょう。ちゃんと遣り遂げたか見届けに行ったなんてことは――考え難いでしょうし。偶然と云うのはもっと考え難い。いずれにしても葛城さんは是枝さんと前後して登っていると考えた方がいいんだと思うし、なら間に合っていない――のじゃないかしら」

「じゃあ、探しに行ったか止めに行ったかして、発見した？」

「そうなら――先ず、通報しないかしら」

「ああ」

「仮令息がなかったとしても救急を呼ばないかな。それとも、もう手遅れだと諦めて帰っちゃうものかな」

「帰りません――ね」

狼狽するだろうけれど、そのまま下山はしないだろう。

「葛城さんは下山しているのよ」

「え？　そうでしたっけ？」

何云ってるのと敦子は苦笑した。

「彼女は日を開けて迦葉山で亡くなったのよ。必ず下山しているでしょう。そして是枝さんも――」

「あ、そうか。いや、それ変じゃないですか。どう云う行動ですか?」

「間に合わなかったのみならず」

行き着けなかったのじゃないかしらと敦子は云った。

「行き着けないって――天津さんの自殺現場に行けなかったってことですか? 何故です? 見付けられなかった?」

「問題はそこだと思う」

「全部問題な気もしますけど」

「まあ、それはそうなんだけど。もしも彼女が是枝さんと衣装を取り換えたのだとしたら――葛城さんは」

何かから身を隠していたと云うことになるのじゃなくて――と敦子は云った。

「私の下手な想像が当たっているなら、彼女は変装して下山せざるを得なかった、と云うことよね? 是枝さんの方にそんなことをする事情は見当たらないようなんだけど、一方、葛城さんの場合は」

「まあ何かありそうですよね」

「ありそうと云うのは不謹慎な云い方かもしれないけれど、恋人が近くで亡くなっている訳だし、不審ではあるでしょう。そこで葛城さんの方も詳細を尋ねてみたの。まあ、それこそ不謹慎な人達は熱心に調べているだろうと思って」

鳥口と云う人ですかと問うと、鳥口は違うと云われた。

「鳥口さんの名誉のために云うけれど、その手の人達と同業だと云うだけで、鳥口さんはまともな人だと思う。方向音痴で故事成語を間違うところ以外は、極めて常識的だし、正義感もあるし。多少――軽口が過ぎる程度」

軽口が過ぎると云えば、薔薇十字探偵社の益田くらいしか思い出せない。

「ただ、蛇の道はへびで、その手の同業者も多いから」

「醜聞（スキャンダル）専門、みたいなですか？」

「そう。天津さんの自殺から葛城さんの遺体発見までは二箇月開いている。ご遺体は夏場と云うこともあって損傷が激しく、正確な死亡時期までは特定出来なかったようなのね。発見当初は死後一月以上、三箇月未満と云う幅のある結果しか出せなかったみたい」

骨になってたんですかと問うと、二三箇月程度だと完全に白骨化することはないでしょうねと云われた。

「勿論、死体があった場所の温度や湿度なんかの条件にも因るんだろうけど。ご遺体が葛城さんだった場合、二箇月前までは生存確認が出来ている訳だし。所謂(いわゆる)腐乱死体と云う——」

こう云う話は平気なのよね私と云って敦子は変な顔をした。

「まあ。かなり傷んでいたの。身許の確定は難航すると思われていたんだけれど、遺体が所持していた鞄から預金通帳と社員証が出て来たようなのね。それで確認と云う運びになったようなんだけど、葛城さんのご両親は戦争中に他界されていて、親類が千葉(ちば)と山梨(やまなし)にいるだけ。一応見て貰ったようなんだけど」

「腐乱ですか」

「そうなのね。まあはっきりとは判らないでしょうね。そこで勤め先の上司——信用金庫にお勤めだったようだけど、その直属の上司に確認して貰ったようね。そうしたら、まあ二箇月前から無断欠勤をしていて音信不通だと云うことが判って——」

「特定ですか？」

「まあ、篠村さんの帽子の一件もあった訳だけれども——そちらはご本人が元気でいらっしゃった訳で」

「是枝さんの件は」

「そうなのね。篠村さんは当然、その帽子は是枝さんに譲渡したものだと証言したようだし、衣服も是枝さんのものだと主張したようなんだけれど、結論から云うならその遺体は是枝さんのものではなかったようね」

「なかったんですか？」

「なかったの。是枝さんは女学校時代に右腕を骨折しているようなの。遺体に生前骨折した跡はなかった。それに、是枝さんは髪をショートカットにしていたようなんだけど、ご遺体の髪は長かったのよ。それなりに」

「髪型なんかどうにでも——って、そうか伸ばすのは無理か」

「ほぼ無理な差だったみたい。地元警察は篠村さんからの聴取を元に、是枝さんのご家族にも連絡を取って確認をして貰ったようなんだけど——」

「そうなんですか」

「そうみたい。ご家族は否定したと云うことだった。だから衣服を着ていようが帽子を被っていようが、迦葉山で見付かった遺体は是枝美智栄さんでは——なかったみたいね」

「あらら」

良かった、とすべきなのだろうか。

二人亡くなっていてその感想は如何なものかと思うが、是枝美智栄生存の可能性は残ったと云うことになる。

「帽子にネームのあった篠村美弥子さんではなくて、身に着けている衣服を着ていたらしい是枝美智栄さんでもないと云うことになれば、預金通帳を持っていた葛城コウさん――と云うことになるでしょう。親類も上司も、まあそうだろうと証言したようだし。髪形も似ていたようだから」

「でも腐乱ですよね」

「腐乱よ。だから、消去法で葛城さんと特定されただけなんだよね。少し――怪しい気がする。でも是枝さんでないことだけは確実みたい。さて、そうなると」

敦子は美由紀に向き直った。

「何故葛城コウさんは高尾山に登り、何故是枝さんと衣装交換をしてこっそり下りなければならなかったのか――と云うことよね。遺体の状況から考えると、下山した葛城さんはそのまま着替えもせずに群馬県まで移動して、迦葉山で投身自殺をしたと考えるのが自然なんでしょうね。交換したままの服装だったんだし」

そう云うことになるのか。でも。

「他人の服着て自殺しますかねえ」

「家に帰れなかったのかもしれない」

「ああそうか。つまり、矢っ張り追われていたと云うことなんですか？」

「追われていたのか見張られていたのか判らないけれど、葛城さんは何らかの事件に巻き込まれていた可能性はあると思う。そしてそれは天津さんの自殺と無関係じゃないでしょう。もしかしたら、葛城さんは自殺じゃないのかもしれない」

「それって事故って意味じゃなく、殺人と云うような意味ですよね？」

「調べたらより弥次馬になった気分。でもそう云うこと。私は天津さんの自殺も少しだけ疑っているけど。遺書めいた書き置きがあったことと、ご家族がすぐにご遺体を引き取っている以上、縊死されたのが天津敏子さんだと云うことは疑いようがないんだろうけど、本当に自殺なのかは」

「検死とかで判らないんですか？」

「判る場合もあるけど、判らないことだって多いと思う。行政解剖もしていない可能性が高いし。それから、葛城さんは失踪前に預金を全額下ろしているようなのね。預金通帳には殆ど残金がなかった。でも死亡時の葛城さんの所持金は、一円もなかったみたいね。お財布は空だった」

「強盗——じゃないですね。使っちゃったんでもないか」

「もうひとつ、どうしても判らないことがあるのね」

「まだありますか」

「いや、他のことだって何も判ってはいないんだけどね、何もかも推測だから。でもこれは本当に判らないのよね」

「何です？」

「天津さんと葛城さんの関係を一体誰が漏らしたのか——と云うこと。彼女達が同性の恋人同士だったと云うことは家族以外誰も知らなかったことみたい。ご近所の人も知らないし、職場の上司も知らなかった。下世話な雑誌の記事になるまでは——と云うことだけど」

敦子は顔を顰(しか)めた。

4

「尊大なのですわ――」

　今度は何がですと問うと、天狗ですと云う思ってもみない答えが返って来たので美由紀は半ば脱力してしまった。

「テングって――あの天狗ですか」

　他の天狗を知りませんと美弥子は答えた。

「傲り昂ぶった人のことを、あの人は天狗になっていると謂いますでしょう。自慢する様子――と云うのかしら？　あれも、鼻が高いとか謂うでしょう。それだって天狗のことなのじゃないのかしら。ほら、天狗は鼻がこう、長いでしょう」

　こう、と云われても既に暗くて何も見えない。

「天狗って、何かを自慢してるんですか？」

知りませんわと美弥子は云う。

「会ったことがありませんもの。でも――そう、何か理不尽な理由で不幸な境遇に追い込まれて――権力争いで不当に公職を追われたり、冤罪で遠島になったりしたような場合ですわね。そうした仕打ちに就いて激しく怨んだり憎んだりした結果、法や倫を踏み外して魔道に堕ちられた方が、天狗になるんだ――と聞きましたけれど」

壙に陥ちているのは美由紀達なのだが。

「いやあ、でも何かそれ、あんまりテングになってる状態じゃないって気がしますけど、どうです？」　寧ろ凹みますよね、そう云う場合」

「そう思いますでしょう？　わたくしも最初聞いた時はそう思ったのです。でも、思い直したのです」

「解りません」

「慥かに、それはもう酷い目に遭われたのでしょうね。それが理不尽な理由で齎された不幸なのであれば、まあ肚も立つのだろうと思いますわ。でも、普通は美由紀さんと同じように萎れる方が先なのだと思います。それが不当な処遇であれば抗議すべきだとも思いますけれど――それでも先ずは哀しんだり嘆いたりしてしまうものではなくって？」

「いや、絶対がっかりしますよ。それから——まあ、能く考えてみて、何か納得出来なかったりすれば多少はムカつくかもしれませんけども——それ、云ってどうにかなる話ですか？」

「云ってもどうにもならないようなお話だと思います。多分、流刑とか幽閉とか身分剝奪とか、そう云うものでしょうから、何を云っても無駄」

　なら怒るだけ損ですよと美由紀は云った。

「云ってどうにかなるなら抗議でも直訴でもしますけど。どうにもならないんだったら、まあ、その条件で楽しく暮らす方法を考えた方がいいと思いますけど、私は」

「それが」

　きっと正しいのでしょうねえと美弥子は云う。

「勿論、間違いは正すべきでしょうし、冤罪のようなものなら何としても晴らすのが正しい姿勢だと思いますわ。でも、そうでない場合は、どう？」

「どうって——」

「例えば試合に負けたとか試験に落ちたとか」

「それは自分の所為じゃないですか。自分に肚を立てるしかないじゃないですか」

「そう思えなくなるのですわ」

「どう思うんですか？」

「そうねえ。試合の判定や試験の採点に不正があったとか――」

いやいやいやと美由紀は手を振る。

「そこ疑っちゃったら、もう全部信じられないですよね？　まあ、世の中そんなに公平じゃないってことは少ししか生きてない私も身に沁みてますから、そう云うこともあるのかもしれませんけど――それ、良くないし、正しいことでもないですけど、でも、どうにもならなくないですか？」

「どうにもならなくっても、どうであれ我が身の不遇に対する憤懣が溢れ出てしまって、それ以外には考えが及ばなくなってしまうのでしょう。自分は必ず勝っていた筈だ、必ず受かっていた筈だ、負けたり落ちたりするのは怪訝しい――と」

そうなると――どうなのか。

「そう云う方は、兎に角自分以外を悪者にするしかないんですわ」

「まあ、そう思っちゃうような人は自信がある人なんだろうし、本当に実力があったりもする人なんでしょうけども、世の中には運と云うものもありますしねえ」

自分で云っておいて、十五の娘の発する言葉とは思えないな――と感じた。

達観と云うか諦観と云うか、そんな観はまだまだ持っていないのだけれど。

「いや、だから諦めろって話じゃないんですけど、でもそんなの、もう怒るにしても怨むにしても、何に対して怒ればいいのか誰を怨むのか、判らなくないですか？」

　そうなのよと美弥子は云った。

「ご自分を貶(おとし)めた対象が明確でないような場合は困るわね。不遇感が大きい程に対象も大きくなるでしょう。最終的にはこの世の中凡(すべ)てを憾(うら)むようになるのですわ、きっと。私は不遇だ、私は不運だ、私は不幸だ、そう云う想いを払拭するために。私は不遇じゃない、私は不運じゃない、私は不幸じゃないと思い込むために——」

　それ、無為じゃないですかと云った。

「と云うか、無為な上に何か哀しい感じですよね、そう云うの」

「そうですわ。被害者意識は何処までも肥大して、行き着くところその運を与えた天を憾むしかなくなりますわね。世の中を憎み、世界を呪うのです」

「世界って」

　それが天狗なのではないですかと美弥子は云った。

「はあ」

「要するに、どんな境遇であれ謙虚さが全くない状態——なのだと、わたくしは考えます。それこそ将(まさ)に魔道に堕ちた者ではなくって？」

魔道、と云うのがどの道なのか美由紀などには詳らかではないのだが、あんまり良くない道ではあるのだろう。

「ですから、天狗になっている人は威張るのですわ。本当に力のある人、讃えられるべき人は、決して威張りません。そんな下品な態度を執らずとも、然るべき功績のある方、徳のある方は自ずと尊敬されますもの。いいえ、そう云う方は周囲の評価など気にしませんわよね」

まあ、健やかに暮らしたいとは思うから蔑まれ虐げられるような環境はなるたけ避けたいところだが、だからと云って取り分け褒められたいとか持て囃されたいとは思わない。

そんな美由紀も時には云い訳くらいはするのだけれど、それは凹んでしまった部分を平らにする程度の意味しかなくて、今よりも盛り上げようとか粉飾しようと思ってする訳ではない。

立派な人は、まあ誰が見たって誰も見なくたって立派なのだから、俺は立派だと周囲に誇示する必要はないのだろうし。

そう云う人は元元盛り上がっているのだから、多少凹んでも弁明する必要さえもないだろう。

美弥子の云う天狗の人と云うのは、何だか知らないが色色な理由で物凄く凹んでいて、それを埋めるだけでは飽き足らず、凹んだ分だけ盛り上げたいくらいに思っている人なのだろうか。それならまあ、弁明程度では済まないだろう。盛って盛って、大盛りにしなければなるまい。

そうねえと美弥子は云う。

「自らを大きく強く見せるために人は威張るのではなくって。それは、本当はそうではないからなのね。威張る人は弱くて小さな人よ。そのみっともない自分を認めたくないから威張るのね。自分を上げるために周囲を下げるようなことまでするのね」

最低と美弥子は云った。

それから一瞬沈黙して、

「あら。わたくし訂正しなければいけませんわ」

と云った。

「な、何です？」

「わたくし、少し前にどうしても許せないものが二つあると美由紀さんに申しましたでしょう。一つは思い込みの激しい人」

「クズだって云ってました」

「まあ、その通りですけれど、口汚く云ったものですわ。それから、もう一つは勝ち負けでものごとを判断する人」

「おんなじように云ってましたけど。クズとかバカとか」

うふふ、と美弥子は笑った。

「その、クズをもう一つ増やさなくてはいけないようね。威張る人。威張る人も許せませんわ」

迎合する人も大嫌いだといつか云ってましたよと美由紀が云うと、あらそうねと美弥子は何故か嬉しそうに云った。

「じゃあ四つですわ。困りましたわ。四つでは、少し許せないものが多すぎるでしょうか。本当なら一つに絞りたいのですけれど——その方が理路整然としていて示し易いでしょう。でも——どれも許せませんわねえ」

「相手に迎合するって、遜るみたいなことですよね？　それ、威張るのとあんまり変わらない気もしますよ」

どっちも自信ない訳ですよねと美由紀は云う。

「それで、自分を良く見せようとしてる訳ですよね。遣り方が違うだけで」

「そうね——」

「で、そういう人達って、まあものごとを勝ち負け判断してることが多いんじゃないですか？」

「多いと思いますわ。人との関係を上下関係として捉えてるんでしょうから」

「で、そういう在り方を当たり前だと思い込んでいる、ってことですよね？」

「まあ」

　その通りよと美弥子は嬉しそうな声を発した。

「美由紀さん、貴女（あなた）、素晴しいわ。負けだと思い込みさえしなければ不遇とは感じないでしょうし、不遇だと思い込まなければ憾みも涌きませんわ。その結果、他人に諂（へつら）うようになるか、威張るか、そう云うことになるのですものね。わたくしの許せないものは、一つですわ！」

　それは天狗よと美弥子は云った。

「わたくしは天狗が嫌いなのです、きっとそう」

　待ってくださいよと美由紀は止める。

「美弥子さんの仰（おっしゃ）ることは判りますし、気持ちも解りますけど、天狗ってそんなに悪いモノですか？　あの、鞍馬（くらま）天狗（てんぐ）は正義の剣士じゃなかったですか？　覆面の」

　あれは小説かさもなくば映画ですと美弥子は云った。

「しかもそう名乗っているだけ。慥か権力に刃向かう人なのよ。一応、倒幕派ですけれど、新政府にも批判的」

詳しいですねと云うと映画を観たのよと美弥子は云った。

美由紀も観たことがあるが、違う作品のようだった。

「剣戟映画は何も考えずに観られるので痛快です。それで、原作も読んでみたんだけれど、全然違いました」

小説は読んだことがない。

「原作――と云うのかしら。そちらの方が筋書きはきちんとしていて、痛快ではないけれどわたくしは好ましく思いました。主人公は体制に与することもなく、反体制に固執することもなく、きちんとものごとを考えて行動すると云う設定でした」

「天狗じゃないじゃないですか」

「偽名なのよ。名乗ってるだけ」

「そんな立派な主人公が、そんな悪いモノの名前名乗ります？」

「そこは、まあ悪や不正に対して容赦しないぞと云うことなのじゃなくて？」

「良い意味じゃないですか。鬼や河童とは違うんですよ。鬼とか河童とかだと、ほぼ悪口じゃないですか」

「そうね。でも」

同じようなモノでしょうねと云われた。

まあ同じようなモノだとも思うのだが。

「慥かに、鬼って良くない比喩に使われますわね。鬼教官とか鬼嫁とか、鬼のような人と云うのは情けも容赦もなくて、人の出来ないことをするの。河童は能く知りませんけど」

下品なんですよと美由紀は云った。

「色色あるみたいですけど、均すと」

「まあ。ならそうなのでしょう。でも、鬼だって単に厳しいとか、強いとか、そうした、そんなに悪くない意味にも使われないかしら。河童だって——そうねえ、水泳が上手だとか」

鬼は兎も角、河童はその程度だと思う。

「天狗だって同じじゃなくって?」

「そうですかねえ。鬼は恐いモノだし、河童は品のないモノみたいですけど、天狗は少し違うと思いますけど」

天狗は驕ってるのと美弥子は云った。

「鞍馬天狗はさて置いて、高慢で鼻持ちならない奴等のことだと思いますわ。その驕りが極まれば、世界を呪う大魔縁になってしまうのですわ。それって、もう人じゃなくってよ」

「まあ――そうなんでしょうけど、でもその、天狗って、信仰されてたりもしますよね。そんなモノなら崇めたりします？」

「あらそうね」

だからそれなりにちゃんとしたものなんじゃないんですかと美由紀は云う。

「神様だか仏様だか判りませんけど、天狗みたいな絵を描いた護符とかってありますよね？　あの、羽の生えた。剣とか持ってる。お不動様みたいなの。あれって神神しい感じですよ？　ご利益ありそうですし。ほら、何か、そこのお寺にも祀られてるんじゃなかったですか？」

その筈だ。

「そう云うのは神様だか仏様だかが天狗のお姿を借りて顕現されているのじゃなくって？　姿形がそうだと云うだけなのじゃないかしら。わたくし、そちら方面は極めて無知なので――と云うか興味がないので詳しくは知らないのですけども、権現と云うのはそう云うものらしいですわよ」

「そうなんですか。でも——そう云う偉い天狗じゃない、普通の天狗も何か立派な衣装着てませんか？　あの、そう、昼間その辺で見掛けたお坊さんみたいな人が着てたような服着てるじゃないですか。ボンボンの付いたのとか、あの角張った小さい帽子とか。下駄も履いてるし。鬼や河童はあんまり服着てないですよ」

美由紀の知るそう云うモノの姿は、大体絵本か何かに描かれたものでしかない。

「それから、ほら、なんか、鴉とか鳶みたいなのもいますよね？　あれは鼻高くないですよね」

それは家来なのじゃなくってと美弥子は適当なことを云った。

こうなるとどこまで信じて良いものやら怪しくなる。

そうなのかもしれないけれど。

「だって、鳥ですもの」

「まあ鳥っぽいんですけど」

「鞍馬天狗の名前の元になった、牛若丸に剣術を教えた鞍馬山の天狗も、わたくしの記憶では鼻高が一番偉くって、鳥がその手下なのじゃなかったかしら。わたくし、そう云う絵を覧た覚えがありますわ」

それは美由紀も覧た気がする。

偉そうな天狗の前で、鴉みたいな顔の連中と、昔風の衣装を着た子供が棒を振っている絵だ。

「あれも驕っているんですかね？」

「さあ。でも、牛若丸に剣術を教えたのは人間だと思いますけれど。天狗、いないでしょう？」

まあ、いないだろうが。

「牛若丸って義経(よしつね)なんですから、実在したのでしょう。なら教えたのは人。鬼なんとかと云う陰陽師(おんみょうじ)だと云う謂い伝えもあるようですし。山に棲む人達や、山で修行しているお坊さんなんかも山奥で遭えば驚きますでしょう。中には天狗に見間違えられたりもしたのじゃないかしらね」

そんな——簡単なものなのか。

敦子の兄か、夏に知り合った変梃(へんてこ)な研究家の意見が聞いてみたいものだ。聞いたところで理解出来るかどうかは怪しいのだけれど——それ以前に、天狗に詳しくなったところで、そんなに嬉しくはない。

「絵本なんかに出て来るお話の中の天狗はそんな悪い感じじゃないですけどねえ」

「そう？　子供攫(さら)ったり、変な音を立てたりするのでしょう？」

「するんですよ。笑ったり。木を倒す音させたり。でも、それってただの悪戯じゃないですか？」

人攫いは犯罪ですと美弥子は云った。

「誘拐や拉致は、或る意味で最低の犯罪だと思いますわ。でも、お話ししていて思い出したのですけれど、その昔は、鷹や鷲などの大型の鳥が子供を攫うようなことが実際にあったのだそうです。そうした出来ごとが天狗の仕業に掏り替わったのかも知れませんわね。そうしてみると、そう云う悪戯なんかは、手下である鳥の方の天狗がやるのではないのかしら」

「何でですか」

「憂さ晴らしじゃない？　だって思うに階級社会なのよ天狗。しかも、上にいるのは偉ぶってるだけの莫迦なのです。鼻を高くして威張っているのが天辺。下っ端はそう云う権力欲の塊みたいなのに支配されているのですもの、かなり鬱憤が溜まっているのじゃなくって、手下の天狗達。なら、時には人間くらい揶ってみたくもなるのじゃない？」

「聞いてるとまるで実際に天狗がいるみたいなお話ですけども」

天狗いませんからねと美由紀は云った。

「いませんわねえ。でも、そう云うお話って、何かあるのじゃなくって？」

「何かって何です？」

「元になる事実とか、何かそう云うものです。その、鷹や鷲なんかもそうなのでしょうけれど、さっきも云いましたように、山伏の方とか、山で暮している方とか、そう云う方方も天狗の正体の一つではないのかしら？」

「ああ」

　まあ、そうかもしれないが。

　そうだとしたら。

「天狗でも何でもいいですから、こう、壙から掬い上げてくれないですかねえ。この山って天狗がいるお山なんですよね？　ならその、元になった人とかもいるんじゃないですかね。と、云うよりも天狗がいいです。天狗って飛びますよね？」

「羽がありますものね。助けてくれなくっても、燈くらい点してくれても良さそうなものですわ。もう真っ暗――」

　鼻を抓まれても判らないと云う感じである。幸い、気温はそれ程低くない。当然暖くはないのだが、凍死するようなことはなさそうである。

「何か、叫んでみます？」

「無駄な気がします。明るくなるまで」

「誰も――いませんかねえ」

「いてもお寺の方でしょう。随分離れていますもの。それより美由紀さん、眠ってはいけませんわよ」

「え？　と、凍死します？」

「凍死まではしませんでしょうけど、体温が下がってしまいますから、体調不良を起こし兼ねませんわ。冷えれば風邪も引きますでしょうし。もう少し近くに寄った方がいいかもしれません」

「近く――ですか？」

美由紀は何となく美弥子と距離を置いている。心理的にではなく、物理的に、と云う意味なのだが。でも身体の距離は精神の距離と呼応しているようにも思う。

それが何故なのかは自分でも解らない。

もたもたしていると急に手を摑まれた。

「まあ、手が冷たいわ」

引き寄せられる。

肩が触れた。

「身を寄せ合うと云うのはこう云うことを云うのですわね。わたくしの所為でこんな目に合わせてしまって、心苦しいわ。数時間前までこんな状況になるなんて考えてもみませんでしたけれど――」

これはこれで面白いですわねと美弥子は云った。

危機感と云うものは欠片（かけら）もないのだろうか。そう云う美由紀も、そうしたものはあんまり持ち合わせていない訳だけれども。

そう考えれば、これは最悪の組み合わせなのかもしれない。

多少は空が見えますと美弥子は云う。

云われて見上げたのだが、上の方も真っ暗だった。

「何も見えません」

「そう？　星が見えます。樹樹の切れ間から天が覗いているのです。そこからだと見えないかしら？」

「星ですか？」

顔を移動させたら頭がぶつかった。

「す、すいません」

美弥子は楽しそうに笑った。

「山の中の壙の底で星を見乍ら頭をぶつけるなんて、愉快ですわ。それはそうと」

「また、何か？」

どうして天狗は天狗なのかしらねと美弥子は真面目な口調で云った。

声がすぐ耳許で聞こえる。

「どう云う意味ですか」

「天と云うのは――空でしょう。でも、狗と云うのはイヌじゃなくって？　何で空の犬なのかしらねえ。まあ、天狗は羽があって空を飛ぶのでしょうから、天まではいいとしても――鳥とか鼻が長いとか、そう云うものじゃなくて、何故選りに選って犬なのかしらねえ」

「鳥なら飛んでも当然ですからね。まあ天と云えば空より高いって感じなので、相当上空を飛んでる印象はありますけども、天鳥って矢っ張り変ですよ。それに、鼻が長い動物なんて象くらいじゃないですか。天象なんて余計に変ですよ。先ず想像出来ないですし。まあ、そうですねえ。猫じゃ合わないから、犬程度が無難だったんじゃないですか？」

「無難って――山にいるのだから猿とかの方が良くないかしら」

猿は河童なんですと美由紀は云った。

「能く知りませんけど、この間そう云う話を聞きましたから。そうだ、今度、詳しい人に聞いておきます」

「是非お願いします。気が付くと気になる性質なのですわ。それにしても、何でしょう、この、静かなのに無音ではない感覚って――街中にはないものね」

そう云えば――常に何かの気配はしているのだ。まあ何も音はしていないのだけれども、何かはいるのだろう。

山だから。

虫だの、動物だの、鳥だの、姿が見えなくても色色な生きものが其処此処にいるのである。それは動く。動かなくとも呼吸くらいはする。そんな音は勿論聞こえやしないのだけれど、一匹や二匹なら兎も角、思うに何百何千といるのだろうから、そうなれば何かは感じられても変ではない。

木や、草や、花や、蔦や蔓や、茸や苔や黴や、そう云うものも、それは自ら動きはしないのだろうけれども、矢張り止まっている訳ではない。細かな振動や空気の動きは植物にも伝わるだろう。揺れれば音はする。いいや、生きていれば育つ。目で見ていても判らないけれど、どんなものも変化はしているのだ。

山は、全体で生きている。

美由紀達は謂わば、生きものの体内にいるようなものなのだから、気配がしない方がおかしいのである。

そうしてみると、美由紀達二人は差し詰め寄生虫と云ったところか。

「私達、異物ですかね。山にとっては」

「違うのじゃなくて」

「違いますか？」

「自分達も山の一部と思えばいいのではないかしら。山は共棲の場ですもの。山の中にいるのなら、自分は山の構成要素だと思うべきです。そう考えるなら、ここは安心出来る場所になる筈です。そう考えなければ――」

こんなに恐い処はないですわと美弥子は云った。

「この地面も、いいえ、この空気も、自分の体表に触れる凡(すべ)てが自分ではないと云うことになるでしょう。勿論、それは何処にいたってそうなのですけれども、下界では自分以外もそれぞれに分断されていますから、そう恐いものではありません。でも山に限っては、街や里と違って、自分以外の凡てが山と云う得体の知れない大きなものになります。そんなものには、最初から敵いませんもの」

山に嫌われたらお終いねと美弥子は云った。

「ですから山にいるときは山と同化すべきなのでしょう。抗うなんて以ての外。山は克服すべきものでも従属するものでもなくて、同化すべきものだと思いますわ」

勝ち負けじゃないんですよねと云うと当然ですと返された。

「山のような偉大なものに立ち向かおうなどと考えること自体がもう身の程知らずです。山の中では人も虫も一緒。いいえ、山でなくたって、人も虫も、そんなに変わりはなくってよ」

それはそうかもしれない。

海を間近に育った美由紀は、海の恐さは充分に知っている。海は、恐い。恐いけれども、海は優しい。

山も同じなのか。

「天狗って、本当はそう云うものでもあるんじゃないですか？　何か、山の神様と云うか、山そのものと云うか」

「そうねえ」

美弥子は首を美由紀の方に擡げた。

「そうかもしれない。でも、それが本来の天狗なのだとしたら、その天狗と同等だと勘違いした人間こそが、思い上がった、鼻持ちならない天狗――と云うことね」

「山と張り合ってる訳ですか？」

「人の分際で山と張り合うなんてちゃんちゃら可笑しいですものね。余程虚勢を張らなくちゃなりませんわ」

「何でしたっけ。そう云うお話なかったですか？　あの、蛙が牛と張り合うみたいな。膨れて」

　それは『イソップ寓話』ですわねと美弥子は答えた。

「大きさを誇る親蛙が見栄を張って、牛の大きさに負けじとお腹を膨らませて破裂してしまうのですわ。分不相応なことはするなと云う戒めなのでしょうけれど、人は中中その教訓を生かせないのです」

　世の中天狗野郎ばかりで困ってしまいますと、美弥子は嘆く。

「山の中でそんなに天狗の悪口云っちゃいけないんじゃないですか？　お怒りを買いますよ」

「わたくしが口汚く罵っているのは偽物の方の天狗ですから平気。お山は寧ろ天狗気取りの男どもを快く思っていないと思いますわ」

　はあ、と息を吐き出して美弥子は両手を伸ばし後ろに反っ繰り返った。と——云っても背後は土の壁である。

「こうしていると本気で山の一部になってしまいそうですわね。土って案外気持ちの良いものよ」

「いやまあ」

　このまま土に還ると云うのは御免だ。

「ワンちゃんもこの山にいたのね」

「は？」

　犬か——と一瞬思ったのだが、それは是枝美智栄の渾名(あだな)なのだ。

「何となく、ほんとに天狗に攫われたんじゃないかと云う気がして来ますわ」

　本気ですかと問うと少しだけ本気と美弥子は答えた。

「だって、その、服はどうなるんです？」

「その葛城さんと云う方のご遺体が発見されたのも天狗縁(ゆか)りの山なのでしょう」

「そうだとしても、葛城さんも天狗に攫われたと云うんですか？　それで、服を取り換えっこさせられた？　まあ天狗ですから何するか判りませんけど」

「服を取り換えた後に二人共攫われたのかもしれませんわ。それなら下山するところを目撃した方がいないのも当然です。多分攫ったら天高く飛んで行くのでしょう、天狗。天狗ですもの」

「で、迦葉山で葛城さんだけ落っこちたとでも云うんですか？」

それは空想にしても酷いですわねと美弥子は云う。

「いけませんわね。人が亡くなっているのですものね――」

そう、亡くなっているのだ。

　事故か、自殺か判らないのだけれど、いずれにしても命が失われている。

敦子は、どうやら殺人まで視野に入れているようだった。そうならば、それは当然看過することの出来ない犯罪と云うことになるのだろうし、是枝美智栄もまたその恐ろしい犯罪に巻き込まれた――と云う可能性も出て来るのだが。

ならば、こんな山の中で天狗の話をしている場合じゃないようにも思う。否、それ以前に、美由紀達の状況もそれなりに危機的だとは思うのだけれども。

　幸い美弥子はおにぎりを持って来ていたし、美由紀も駄菓子――ポン菓子と酢烏賊を持参していた。いつぞやフルーツ何とかをご馳走して貰ったので、そのお返しのつもりだったのだ。高級なものに対抗するには低級しかないと思った次第だが、低級にも程があると云うものである。美弥子が果たしてどう思ったかは計れないが、お嬢様は駄菓子と云うものを初めて食されたらしく、珍味だ珍味だと云って喜んで食べてくれた。まあ八割方はお世辞なのだろうし、美味しいとは云わなかった訳だが。

それでも何だかんだで陽が落ち切る前には何もかも全部食べ切ってしまった。そのお蔭で飢えてはいない。

腹ぺこでないと云うことは、実に心強いものだと美由紀は思う。空腹だったら結構へこたれていたかもしれない。

星が見えないものかと思い、美由紀はもう一度空を見上げてみた。

まあ、見えるような気もする。

漆黒のざわざわの中に、抜けるような闇がある。そこが空なのだ。完全な暗闇ではないのである。

空と思しき処を見詰めたまま美弥子の方に体を傾けると、ちらちらと瞬く星が確認出来た。

途端に、恐怖か不安か判別出来ない、何とも云えない小さな澱みが、胸の奥に涌いた。何故星を見付けただけでそんなものが涌くのか、美由紀自身にも判らなかった。

心細くなって、指先に触れたものを摑むと、それは美弥子の手だった。

「どうしたのです？」

体を起こした美弥子の、少し猫のような声が、耳許で聞こえた。

「あの」

不安の正体は時を待たずに知れた。

何か、音がするのだ。何か気配の塊のようなものが迫って来るような、そんな空気の騒めき(ざわ)が感じられる。

――あれは。

壙の。

縁？

何故そんなものが見えるのか。

声？

「何か聞こえませんか？」

「そうねえ。天狗じゃなくって？」

「みーちゃーん！」

「は？」

美由紀のことをみいちゃんと呼ぶのは伯母だけである。同級生は呉さんとか美由紀さんと呼ぶし、親は美由紀と呼び捨てだ。

ちゃん付けで呼ぶのは敦子と益田だけである。と――。

そう云う問題ではない。

「誰?」

「みいちゃあん」

嗄(しわが)れた濁声(だみごえ)である。伯母——である訳がない。

「あら」

美弥子が体を動かした。

「金ちゃんですわ」

「え?」

「金ちゃんね? 金ちゃん」

「金ちゃんって、その——」

壙の縁がよりくっきりと見えた。光だ。

光の奥に、熊(くま)のようなものが現れた。

「クマ?」

「熊ではなくて、金ちゃんです。わたくしの友達の。此処ですわ」

「まあ。何てことかしら。いたわ、いたわよう。壙に落っこちてたわよう」

続いてばたばたと忙(せわ)しない音が迫って来た。人の跫(あしおと)だろう。懐中電燈の光の筋や輪が得体の知れないものを次次照し出した。

「美由紀ちゃん！」

「え？」

敦子――のようだった。それからお嬢様お嬢様ご無事ですかと云う、慌てた声が続いて聞こえた。

「まあ、宮田。貴方も来てくれましたの」

お嬢様とその声はもう一度叫んだ。

多分、あの高級車を運転していた人だろう。

まあ、だから矢っ張りお嬢様なのだ。美弥子は。

「まあ、ミイちゃんてばお転婆が過ぎるわよ。ホント、心配させないで頂戴。あたしがどんなに気を揉んだか解る？」

で、この態っぽいシルエットが、そのおかまの金ちゃん、と云う人なのだろう。

声音は明らかに小父さんなのだが、口調は女の子である。中身が女性なのだと美弥子は云っていたけれど――。

無事なの美由紀ちゃんと敦子が問うた。

「まあ無事ですが、単に出られないだけです。美弥子さんは足を挫いていて――」

単なる捻挫ですわと美弥子は云った。

「まあ。捻っちゃったの。ならあたしが降りて助けてあげる」

「駄目ですわ金ちゃん。貴女みたいな重たい方は、落ちたら二度と上がれません。それ以前に、一緒に捻挫ですわよ。此処は結構深いのです」

まあ、捻挫はイヤだわねえと金ちゃんは云った。

「ミイちゃんくらいは担げるのに」

「力持ちはこの際関係ございませんわ」

そうか。

ミイちゃんと云うのは美弥子のことなのか――と、漸く美由紀は気付いた。み、が付くのは一緒だ。

「ロープありまーす」

ひ弱な感じの声がした。

「念のために持って来ましたよ僕ァ。万が一に備えるのが小心者の唯一の取り柄ですからね。あ、これって――途中から掘ってますよねえ。これ、完璧に陥穽じゃないですか？　感心しないなあ、こんな処に壙なんか掘るのは。ああ美由紀ちゃあん、生きてますか？」

益田だ。

「って、縄だけあっても仕様がないですかねえ。引っ張り上げるなぁ無理かな。梯子とか要りますか」

「バカねえこの子。どうやって梯子なんか調達するのよ。ほら、どっか木に括り付けてよ。あたしが降りるから。ちゃんと結んでよ。あんた頼りないからさ。速くしなさいよ。長さは足りるのかしら？」

「そりゃあ縄ですからね。長いですよ。しかも丈夫な筈です」

「大丈夫なのね？　ねえ、そっちのミイちゃんのお友達は怪我してないのォ？」

私は頗る元気ですと美由紀は云った。

「なので、私は縄で登れそうです。美弥子さんは——多分、大丈夫だと云うでしょうけど、大丈夫じゃないと思います」

能く解ってるわねえあんたと金ちゃんは云った。

「いい、ミイちゃん。あんたすぐに強がるけど、駄目なのよ。人に頼るべき時は頼らなくちゃ。頼れる人がいるうちが花よ、人間ってものは。ねえ」

「何でもいいですから」

早く助けて頂戴、と美弥子は云った。

そんな訳で、美由紀と美弥子は高尾山中の陥穽から救出されたのだった。

気付いたのは敦子だったそうである。

敦子は幾つか興味深い事柄を掴んだらしく、それを美由紀に報告しようと子供屋に行き、その後学校を訪れたのだそうだ。

美由紀は知人と高尾山にハイキングに行くと寮の舎監に申告していた。日帰りなので夕食後には戻ると伝えていた。

知人と云うなら美弥子だろうと敦子は察したようだ。その段階で、厭な胸騒ぎがしたのだと敦子は云っていた。

余程気になったのか、敦子は時間を見計らって再度学校を訪れたのだそうだ。寮では美由紀が戻らないので、軽く騒ぎになっていたそうである。そこで敦子は篠村家に連絡を取った。美弥子も、高尾山へ行くと云って出掛けたまま戻っていなかった。

敦子は、美弥子付きの運転手である宮田と共に、先ず美弥子が行きそうな飲食店を捜した。下山した後に食事でもしている可能性があったからだ。

金ちゃんのいるお店にも行った。

そこで、金ちゃんが合流したのである。

益田には敦子が連絡したのだろう。考えてみれば美由紀と美弥子双方と面識があるのは、榎木津を除けば益田だけである。

そんな訳で、四人の探索隊が夜更けの高尾山にやって来た——と云う訳である。

寮に戻った美由紀は、散散叱られた。

不慮の事故とは云うものの、叱られて当然の愚行ではあるから、美由紀は甘んじてお小言を頂戴した。

一歩間違えれば大怪我をしていたかもしれないし、運が悪ければ死んでいたかもしれない。そう云われれば、まあその通りである。無事で戻った上に叱られる程度で済んだのだから御(おん)の字(じ)と思うべきである。

まあ、充分に反省はしたのだけれど。

それでもお説教されている間、美由紀が上の空だったことは間違いない。何が気になっていたかと云えばそれは勿論、敦子が摑んだ新事実とやらが知りたくて仕様がなかった訳であり。

頗(すこぶ)る気になった。

これまで、敦子が学校に来てくれたことなど一度もない。

と、云うより、そんな緊急を要する事態などは過去にはなかった訳で、だから来なくて当たり前だったのだが。それが、この度に限っては学校まで来てくれたと云うのである。そのお蔭で美由紀は救(たす)かった訳なのだが。

つまりはそれなりの何かを知り得たのに違いないと美由紀は判じた。

ならば直ぐに教えてくれても良さそうなものではあるのだが――宮田の運転する自動車に乗せられた美由紀が寮に帰り着いたのは既に午前四時近くで、その後も敦子は学校側に細細（こまごま）と事情を説明してくれたりしていたのであるから――そんな暇なんかはなかったのだ。

それでも気になった。

眠れたものではなかった。それ以前に美由紀は何だか昂ぶってもいた訳で。

頭を寄せた時に顔や首に降り掛かったさらさらとした髪の毛だとか。

耳許に掛かった息だとか。

触れてしまった美弥子の指先だとか。

そんな身体感覚の記憶だけが、反復して甦った。

そんな具合だったから、翌日の授業などには全く身が入らず――いや、平素からそれ程集中して勉学に勤しんでいる訳でもないのだが――と、云うよりも一週間、美由紀は殆ど心此処に在らずと云う感じだったのであり。級友達とまともに会話することもせず、主に図書室に籠って天狗のことを調べたりしていたのだった。

全く解らなかったのだが。

一つ判ったことと云えば、天狗と云う字は古くはあまつきつね、と読んだらしいと云うことだけだった。

犬ではなくて狐だったのか。

そうだとして、天の狐と云うのも、まあ何のことだか解らないと云えば解らないのだけれど。狐は飛ばないだろう。鳥っぽくもないし、鼻も高くない。

山にいる動物と云うのなら、まあそうなのだろうが、山にいるのは何も狐ばかりではない。それこそ猿でも、熊でも、猪でもいいと思う。

何故に狐なのか、そこのところはサッパリ解らない。

天狐(てんこ)と云うのもいるようで、これは何だか偉い狐なのだそうだ。狐が千年生きると天狐になるのだそうで、そんなに生きれば偉くもなろうと云うものである。だからそれはそれで、まあ解る気がしたのだが、密教のお呪い(まじない)では天狐は鳶(とび)の形で表わされると云う。野干(やかん)――野干がどう云う動物なのか美由紀は知らないのだが――の形で表わされる地狐(ちこ)と、人の形で表わされる人狐(にんこ)を合わせて三類形(さんるいぎょう)と云う修法に使用すると書いてあった。こうなるともう珍紛漢紛(ちんぷんかんぷん)で、天狗と関係あるのかどうかも判らない。

敦子の兄に説明して貰いたいものである。

結局サッパリ解らなかった。

そうこうしているうち――。

土曜になった。

居ても立ってもいられなくなった。

午前中の授業が終わるなり、美由紀は矢も盾も堪らずに――。

子供屋に向った。

必ず敦子は来ていると思った。

一週間前学校まで報せに来てくれたのだから。そのまま と云うことはないだろう。

小走りで大通りを進むと、見馴れた景色の中に見馴れないものがあった。

――否。

見馴れない――訳ではない。

寧ろ最近能く見るものだ。

それは自動車だった。

黒い高級な車が路肩に停車しているのである。

――あれは。

間違いない。

運転席には――宮田の姿がある。

どう云うことか即座に理解が出来ずに、美由紀は車を通り越した。

通り越してから先日のお礼をすべきかなとも思ったのだが、何だか酷く混乱してしまった。せめて挨拶でもすべきだったかと思い直した時には、もう駄菓子屋に至る狭い露地に入りこんでいた。

美由紀を追い越して子供が駆けて行く。

煤けた板塀。

燻んだ溝板。

細く長く切り取られた、薄汚れた、行き止まりの、序でに時も止まった楽園。

品がない原色の看板や貼り紙。下手糞な漫画の絵。大きな瓶に、小さな瓶。

路を半ば塞いでいる縁台と木机。

いつもなら美由紀が陣取っている席に敦子が座っていた。

そして敦子の席には。

お嬢様が座っていた。

「はあ？」

声を上げてしまった。二人は同時に美由紀の方に向いて、笑った。

「まあ、本当に来ましたのね。中禅寺さんの仰る通りでしたわ」

「み、美弥子さん、何だってこんな処にいるんです？　全く似合いません。浮き捲りですよ？　そ、それより」

私が教えたのと敦子が云った。

「いけなかった？」

「いけなくはないですけど、変でしょう物凄く。こう云うのを掃き溜めに鶴とか云うんじゃないですか？」

「それは子供屋さんに失礼です」

素晴しい場所ですわと美弥子は云った。

「でも、こんな大人が占領してしまったのでは、小さい人達に悪いのかしら」

構わん構わんと店の老婆が云った。

「この辺の童供ァ行儀良く座ってものなんか喰わんのさ。汚すだけ汚すだけ。菓子をたんと買うてくれたから、貸し切りでいいのさ」

見れば大量のポン菓子が机の上に載っていた。

「少少買い過ぎてしまったの。貴女も食べてくださいな、美由紀さん」

「買い過ぎって――」

大量だが、まあ廉い。

美由紀は少し迷って、それから敦子の隣に腰掛けた。

「こちら、果心居士（かしんこじ）さんの妹さんでしたのね。全く、世間と云うのは狭いものですわねえ」

美弥子はそう云って笑ったが、それは果たして誰なのか。敦子の兄の別名か何かなのか。

「中禅寺さんから色色お聞きしました。大変に能（よ）く判りましたわ」

「え。もう済んじゃったんですか」

待ってたのよと敦子は云った。

「今まではこれまでのことをお復習（さら）いしてただけだから。美由紀ちゃんからお伝えしてるだろうとは思ったけど、まあ、私も少し頭を整理したかったから」

「まあ、常にこんがらがってる私が話すより、敦子さんが説明した方がずっと判り易かったとは思いますけど――」

そう云う意味ではありませんわと美弥子は云う。

「この間美由紀さんがお話ししてくれた事柄が、よりきちんと理解出来た、と云うことです。こちらの中禅寺さんは大変に論理的な方のようですね」

「はあ」

それって。

同じこと――のような気がするが。

「それよりも、この間はご免なさいね。あんな酷い目に遭わせてしまって」

「酷い目でもないですよ。結構面白かったですし」

「でも、随分とお目玉を喰らったのじゃなくって？ わたくしも呵られました。お父様に呵られるならまだしも、宮田にまでお説教をされましたのよ」

「それはまあ――」

仕方ないだろう。

そんなことより。

「何が判ったんです？ 何か判ったんですよね？ もしかして解決したとか？ だから美弥子さんを呼んだんですか？」

美由紀が畳み掛けると敦子は苦笑した。

「解決って、そんな訳はないじゃない。篠村さんにお出で戴いたのは、お尋きしたいことがあったから。美由紀ちゃんを介して尋ねるより早いでしょう」

「まあ私は」

大体こんがらがっているのだ。

「焦らさないでくださいよ」

「焦らしてないって。まあ、解決と云うより、更にややこしくなったと云った方がいいんだけれど――」

　変なものが見付かっていたのね、と敦子は云った。

「変なもの？」

「そう。是枝さんの捜索はそれなりの期間行われていた訳だけれども――」

　半月近くは捜していたようですと美弥子が云った。

「その、捜索五日目に、少し気になるものが発見されているようなんです。あ、これ賀川さんに聞いたの」

　子供刑事ですか、と美由紀が云うと、美弥子は眼を見開いた。

「まあ。お子さんが警察官をしていらっしゃるの？」

「違います。小柄と云うだけで眼がでかい老け顔の、ただの刑事です」

　だから失礼だってと敦子が云った。

「実は、麓――じゃないのか。高尾山口とケーブルカー乗り場の間辺りで、丸められた衣装が見付かった――んだそうよ」

「衣装？」

「そう。それが、何と云うのかなあ。お遍路さんが着てるような服。白衣って云うのかしら。それと、手甲脚半、足袋、山谷袋と草鞋。一揃いね」

意味が判らない。

「それ――」

「ええ」

「男性のご衣装ですの？」

美弥子が問うと、敦子は違いますと答えた。

「女性用だそうです。その後、少し離れた処で金剛杖、別な場所で菅笠が見付かってるみたい」

「金剛杖って何か凄い杖ですか？」

「いやだ。木の棒よ。美由紀ちゃんは見たことないかな。ほら、六十六部とか、巡礼とか、霊場を廻る人」

知っているような、知らないような、そんな感じである。

「中禅寺さん。それは一体、どう云う意味があるのでしょう？」

「そうですよ。今回の一件と関わりがあるとも思えませんけど」

「そうなんですけど――」

　敦子は人差し指を額に当てた。

「人が一人消えている。そしてその人の衣装を別な人が着ていた。正確には着て亡くなっていた——ですね。これ、そう云う風に考えると」

　服が足りないですよねと敦子は云った。

「足りないですか？」

「是枝さんの服を葛城さんが着ていたのですから、普通に考えれば是枝さんは葛城さんの服を着ていた——そう考えれば、まあ足りなくはないんですけど。ただ、こう考えるならどうでしょう。是枝さんは衣服しか発見されていない。そして葛城さんは中身の体しか発見されていない。是枝さん本人と、葛城さんの衣服は発見されていないんですね。そして、多分両者が失踪したと思われる場所の近くで、衣服一式が発見された——」

　気になりませんかと敦子は云った。

「それが葛城さんの着ていた服だと云うんですか？　そうなら、是枝さんは裸だ、と云うことになっちゃいますよ。それ、無茶苦茶目立つじゃないですか。歩けませんから。そうでなければ」

　死んでいるか。

「そうじゃないのよ。葛城さんはそんな巡礼衣装は持っていなかったみたいね。賀川さんの話だと、現地の所轄署が色色確認したみたい。まあ一式新調したと云う可能性もあるかなと思ったんだけど、発見された衣装一式は新しいものじゃなかったようだし、持ち道具なんかはそれなりに使い込まれていたようだから――まあ、そう云うものを譲り受けたと云うことだって、ないとは云えないんだけど、葛城さんはあんまり信心に興味はなかったみたいだし、そのうえ、仏教徒ですらなかったようなの」

「キリスト教徒ですか？」

「一応亡くなったご両親はカトリック信者だったらしくって、小さい頃に洗礼も受けてるみたいなんだけど、葛城さん自身は全く信仰は持ってなかったみたいね。ご両親が戦禍で亡くなって以降は、教会からも遠ざかっていたようなの」

「巡礼とはかなり遠い方ですわね。勿論改宗されるような方もいらっしゃるのでしょうけれど、わざわざ信仰を変えるような方は、もっと信仰心が強い方ですわ。信仰心の薄い方は放っておきますもの」

私もそう思いますと敦子は云った。

じゃあ関係ないんじゃないですかと美由紀が云うと、それは早計ねと美弥子に云われた。

「だって葛城さんの服じゃないなら関係ないですよね？」

「そんなこともないと思う。私達は葛城さんと是枝さんが衣装を交換したのじゃないかと云う推論を立てていた訳だけど、考えてみればそれは数ある選択肢の中のたった一つに過ぎない訳じゃない。選択肢は無数にあるの。その中から一番シンプルなものを選んだと云うだけでしょう。そう考えるのが自然だとか、その線が濃厚だと云うだけで、確たる証しはないの。そうだろうと」

思い込んでいただけ。

思い込んでいただけ——か。

「勿論、今でもそれは可能性としては一番高いストーリーだと思うんだけど、もしかしたらそうではなかったのかもしれないって——ふと、そう思ったのね」

「もう一人いたと云うことでしょうか」

「え？　三人で服交換したとか？」

云ってから、三人が輪になって着替えている間抜けな光景が頭に浮かんだ。

「まあ可能性はない訳じゃないけど、着替えは一度にすることになるから、三人はやや目立つわよね。私が考えたのはそうじゃなくって、是枝さんは誰か別の人と服を交換するかした可能性もあるのじゃないかと云うこと」

「だって是枝さんの服はどうなるんです」

「下山してからなら何とでもなるでしょう」

「それは、何だって何とでもなるんでしょうけど」

「要するに是枝さんは是枝さんと判り難い姿で下山した、と云う部分が肝要なのじゃない？　下山する姿を見られていないと云うところが一つ目の謎なのであって、葛城さんが是枝さんの衣服を着ていたと云う謎と、その謎は別の謎。なら無関係の解決があったって構わない訳よね？」

「そうですけど」

「ただ、葛城さんと服を交換したんだと考えれば、二つの謎が一度で解ける。だからそう思いたがっていただけなのかもしれないじゃない？　そう考えたのね」

「つまりこう云うことですわね。ワンちゃん——美智栄さんは、山中で誰かと衣服を交換して下山し、下山後に美智栄さんと衣服を交換した誰かが葛城さんに美智栄さんの衣装を貸し与えた、と」

「そうですね。そう考えるなら、是枝さんは天津さん葛城さんの一連の自死事件とは関係がない、別のトラブルに巻き込まれたと云う可能性が出て来ます。もう一つ。衣装交換はしていないという可能性も、ないではないと思うんです」

「していない――って」

「発見された巡礼衣装、これは服の上からでも着られるかもしれない。ズボンの方はきついかもしれないですけど、上に白衣を羽織って、山谷袋を首に提げて、菅笠を被り、金剛杖を手に持てば――巡礼風に見えますよね？」

「見えますわ」

「そうしてみると、山中で誰かに頼まれて巡礼に化けた――と云う線も、考えられないですかね」

「いやあ」

　それ、化ける意味が解りませんよと美由紀は云った。

「何の座興です？　私、微妙にその巡礼って把握出来てないんですけど、その恰好するとどうなるんです？」

「どうもならないけど、例えば、服の上から衣装を着け、巡礼を装ってこっそり登った誰かが、自分の衣装を是枝さんに着せて身代りに下山させる――と云うようなことは考えられるでしょう。その場合も、それが葛城さんである可能性はある。変装用なら信仰は関係ないから、なら巡礼姿は割とうってつけかもしれないし」

「まだ能く判りません」

「そうかな。勿論、これだって何もかも想像なんだから可能性のひとつに過ぎないんだけど、例えば、葛城さんが見張られていた――と云うことはあると思う。駆け落ちや、心中する可能性と云うのは常にあった訳で、なら天津さんのご家族はそうした事態が起きることを何より虞（おそれ）ていたんだと思う。娘の身を案じると云う以前に、世間体が大事なんだし。天津さんが未明にこっそり家を出たなら、警察に報せるより、先ず最初に確認に行くのは葛城さんのアパートだと思うんだけど」

「そうですね」

分からず屋の生き残り武士のやりそうなことですわと美弥子は云った。

「もし、葛城さんが天津さんが家を出たことを知ったのなら――これは、知ったんだと思うのね。天津さんのご家族――多分お父さんだろうと思うけれど、お父さんが変な時間に突然やって来たなら、当然葛城さんも何か察したでしょうし。或いはお父さんが何か云ったのかもしれない。なら心配する筈。だって自殺を仄めかすような手紙はあった訳だし」

「何も云わなかったとしても、何かは感じますわね。尋常じゃないですもの」

「知ったなら心配しますよね、葛城さんも。でも、行動を起こそうとしても」

「見張っていたのですね？」

「それは判りません。しかしご家族は天津さんと葛城さんの関係が露見することだけは避けたかった筈です。もしものことがあったとしても、娘が同性愛者であることだけは伏せておきたかった——らしいですから。それならば葛城さんの動向は監視するのじゃないかと思います」

　くだらないですわと美弥子は云う。

「娘の命と家の沽券(こけん)とどちらが大事だと云うのでしょう。体面だの面目だの、そんなものが人命より優先する道理はございませんわ。そもそもそれは、恥なんかではないです」

　仰る通りだと思いますと敦子は云った。

「でも天津家では違ってたんです」

「時代錯誤ですわ」

「ええ。この国は全体的に時代錯誤だとも思いますけど、天津家は中でも取り分けそうだったんです。ですから、発見する前に娘さんと葛城さんが接触することだけは何としても避けたかった——筈です」

「そうかあ。見張られていたら出るに出られないですよねえ。恋人が死んじゃうかもしれないって云うのに」

葛城さんの胸中を推し計るに、遣り切れなくなりますわと美弥子は云った。

ポン菓子の山の前で云う台詞ではないように思うが。どうしたってこの情景（ロケーション）は合っていないのだ。あらゆる意味で。

想像だと云うことをお忘れなくと敦子は繰り返した。

「で、そう云う状況だったと仮定した場合、変装は有効ですよね。どうやって調達したのかと云うことは一旦置いておくとして、葛城さんが巡礼姿で出て来るとは思わないでしょう。葛城さんが住んでいたのは集合住宅ですから、見張るとしても彼女の部屋の扉の前に突っ立っていると云う訳にはいかないんです。待機するのは外になります。他の住人も出入りしている訳ですから」

「菅笠もありますしねえ」

「ええ。見張りがいたとして、その目を誤魔化（ごまか）そうとするなら、巡礼姿なんかは結構有効だと思います。抜け出せたなら」

「行くでしょうね。止めに」

「ええ。止めに行くと云うより、もしかしたら一緒に死ぬつもりだったのかもしれませんけど。どうであれ葛城さんは天津さんの処に向った筈です。そして、何か知っていたのか、当箇法（あてずっぽう）だったのかは判りませんが、彼女は高尾山に行った——」

でも間に合わなかったと云うことですかと美弥子は云った。

「ええ。間に合っていれば当然この状況はなかった訳ですね。天津さんの自死は葛城さんに依って止められていたか、或いは葛城さんも一緒に心中するようなことになっていたか、いずれかでしょう」

そうだったと云う可能性はございませんかと美弥子が云った。

「そうだった、とは？」

「本当は心中だったのではないですか。警察が発見する前に葛城さんのご遺体だけを運び出した――とか。ございませんか？」

美弥子の問いに、時間的には可能だとおもいますと敦子は答えた。

「ただ、その場合、それをした誰かは、天津さんが高尾山で自死することを予め知っていたか――後、考えられるとすれば、葛城さんの変装がバレていて、尾行されていた――と云うこともあるのかもしれません。その場合、二人が心中するのをその何者かは黙って傍観していたと云うことになりますよね。そして二人が心中した後に、葛城さんのご遺体だけを山から運び出したと云うことになります」

「自分の子供が自殺するのを黙って観てたって云うんですか？」

美由紀がそう云うと、それがお父さんかどうかは判らないよと云われた。

「そうであるかもしれないけど」

「お家のためならしそうな気も致しますけれど。わたくし、天津家の殿方に対して偏見を持ってしまっているので、多少目が曇っておりますけど」

「ええ、そのケースを想定する場合、それが全くの第三者であったとするよりも、天津家の誰かであるとした方が素直です。その後、捜索願を出せばいいんですから。でも、そうすると矢張り死体を担いで山を下りると云う、目立つ上にかなり困難な作業をしなければいけなくなる。それに加えて」

「ワンちゃんが紛れ込む余地がない――と云うことですわね」

「そうなんです。例えば、是枝さんが偶然工作しているところを目撃してしまったとか、そう云う状況は考えられるのかもしれませんが、そうだとしたら、その何者かは是枝さんの口を塞ごうとする筈ですよね？」

「口を塞ぐって――」

「危害を加えるだけでは口止めにはなりません。拉致するか」

殺害すると云うことですかと美弥子が問う。

「まあ、そうなってしまうことは慥かなんですけど、それ、少しリスクが大き過ぎると思うんですね」

慥(たし)かに、その段階で犯人は自殺した二人の死体のうちの一つを移動させようとしていただけである。美由紀はその行為がどのような法律に抵触するものなのか知らないのだけれど、罪に問われるとしても、少なくとも殺人よりはずっと軽い筈だ。

「何があったにせよ、是枝さんは山内では発見されていないんです。つまり、生死に拘らず山からは下ろされている。犯人は、葛城さんのご遺体と拉致した是枝さんの両方を山から下ろしたのでしょうか。もし殺害していたなら、二つの死体を運んだことになるんです」

「一つでも大変だし、目立つって話でしたよね？」

「そう。加えて、どの状況下にあっても、葛城さんのご遺体の衣服を是枝さんのものと交換させなければいけない理由は、考え付きませんでした。ですから。葛城さんがその日高尾山に登ったのだとしても、その時既に天津さんは亡くなっていたと考えた方がいいのかもしれません。そこで何があったのかまでは判らないけれど――と云うか、何もかも想像であることは最初から変わりはないんですけどね」

「行った時、もう天津さんのご遺体は発見されていたとか」

「それは時間的に符合しないと思う。天津さんのご遺体が発見されたのは、是枝さんの捜索願が受理された直後らしいから」

「そうか。翌日なのか」

「だからその日に何があったのかは判らない。変装がバレていたような場合も、例えば山に登ってから葛城さんが尾行に気付いたとして、それなら是枝さんを隠れ蓑にすると云う手はあるのかもしれない。身代りに下山させて、途中で脱ぎ捨てるよう指示しておけば」

「でも敦子さん。それだと、葛城さんは山の上に残ったことになりますよ。それって追っ手を巻いて天津さんを捜すためだったとして、見付けてないですよね？　間に合わなかったんだとしても、そのままにして下山しませんよ。それに、是枝さんだってそれならそのまんま普通に家に帰るんじゃないですか？　服を交換するタイミングもなくなりません？」

　その通りだと思うと敦子は云った。

「思うけど、何があったのか判らないんだから、断言は出来ないよ。そう云うややこしい状況だって想像は出来るのね。私が云いたいのは、単なる服装交換と云うシンプルなアイディアも、それだけで凡てを説明出来る訳ではなくて、一つの可能性に過ぎないと云うことね」

「ああ」

「当然、ものごとはシンプルな方が説得力があるし、また多くのものごとはシンプルなものなんだと思う。でも、常に想定外のことは起きるし、それに対応するために複雑な工程が発生してしまうこともある、と云うことね。棄てられていた巡礼衣装と云うたった一つの要素を加えるだけで、選択肢はグンと増えるの」

「そうですよね。だけど、無理に関連付ける必要、あります？」

「無理に、じゃないの。関係があった場合に様相はガラッと変わっちゃう、と云っているだけ。ややこしいから結論を云うけれど、その衣装は葛城さんのものではなかったようね」

「ほらー」

わざと掻き回さないでくださいよと美由紀は云ったのだが、美弥子は表情一つ変えずに、その先がおありなのですね中禅寺さんと云った。

「先って」

「その衣装、どうも秋葉(あきば)登代(とよ)さんと云う方のものらしいの」

「それ」

誰ですかと問うた。

「だから巡礼衣装の持ち主」

「関係ない人ですよね？」

「そうならいいんだけど――秋葉さんは霊場巡りが趣味で、坂東三十三観音、秩父三十四観音を廻って、その後、毎週末に関東近郊の古寺名刹に参拝していると云う方なんだそうです。そう聞くとご年配の方を想像しがちですけど、秋葉さんは私よりも若くて、まだ二十二歳」

　霊場巡りって趣味になるんですかと尋いた。趣味としてしまうのはどうなのか。

　敦子は苦笑した。

「そうなんだけど。本人が周囲にそう云っていたらしいのね。ま、宗派を問わずにお参りしていたようだから、信仰ではなかったのかもしれない。だから霊場巡りと云うよりも、お寺巡りと云った方が正確なのかもしれない」

「何処の方です？」

「柴又にお住まいの小学校の先生だそうです。子供達にも好かれていて、大層評判の良い方のようなんですけど、三度の飯よりお寺参りが好きなのが璧に瑕――と云うことでした」

「まあ。素敵な方ですわ。でも、どうしてその方の衣装だと解ったのでしょう。お名前でも書いてあったのかしら」

「実はそのようです。ただ、あの、ご朱印帳ってありますよね。お寺で納経した時に印なんかを戴くやつ。あの中に書かれていたようで――普通はお寺の名前と日付、梵字なんかが書かれるだけで、後は印が捺してあるんでしょうけど、その中に、何故か彼女の名前が書かれている頁があったんだそうです。それで問い合わせをしてみたところ――」

「え。真逆」

秋葉さんは二箇月ばかり前から行方不明でしたと敦子は云った。

「行方不明ですかあ」

「秋葉さんは独り暮らしだったようなんだけど、無断欠勤するような人じゃなかったから、心配した同僚の先生がアパートまで行ってみたんだそうです。そしたら、留守で。週末に、またお寺に行くんだと云うようなことは云ってたようですが、何処のお寺か判らなかったみたいで――一週間程してから捜索願が出されたそうです」

「いなくなられた日は？」

「八月十五日――と、云うことになりますね。是枝さんと同じ日です。捜索願が出される前に衣装が見付かっている以上、秋葉さんが参詣したお寺は高尾山薬王院――と云うことになりますよね。これ、どう思いますか？」

「どうって」

「同じ日にもう一人行方不明者が出ているんですよ。しかも同じ山で、そう年齢の違わない女性が二名消えている。これは無関係でしょうか？」

「やあ、それは」

関係ない——とも云い難(がた)いか。

「しかも秋葉さんは、それこそ裸で消えてしまったと云うことになります。彼女は変装した訳ではなくて、お寺巡りの時はいつもその服装だったのだそうです。下山の途中で衣服を脱ぎ捨て、杖も笠も放り出して、下着姿で何処かに行ってしまった——と云うことになる訳ですけど、それは」

変ですねと美弥子は云った。

「それ自体は些細なことのようですが、変なものは変ですわ。そんな莫迦なことはない——と、中禅寺さんもお考えなんでしょう？」

「ええ。そんなことをする人はいないでしょう。いたら保護されてます」

「そうですわね。でも——中禅寺さん。先程貴女(あなた)が仰ったように、棄てられていた衣装と云うごく瑣末な因子を加えて理解し直そうとしただけで、事態は大幅に複雑化してしまったのですわよね。そこに行方不明者なんか加えたら」

「そうなんです。でも、これって無視出来ませんよね？　是枝さんの失踪、秋葉さんの失踪、そして天津さんの自殺――これらは発覚した時期がズレているだけで、いずれも八月十五日に、同じ高尾山で起きたことです。葛城さんだけは発見場所も発見時期も違うんですけど、でもその葛城さんも同日に高尾山へ登っていた可能性は高くって、またご遺体の状況から逆算すればほぼ同じ頃に亡くなっていると考えてもいいでしょう。そうなると偶然で片付ける方がご都合主義的な印象を持つ訳ですが」

「そうすると」

矢張（やは）り衣装交換のような行為はもっと複雑に行われたのだと考えるしかない、と云うことになりますのでしょうか――と美弥子は云う。

「その場合、単純な交換ではないかもしれない、と云うことですわね？」

「ええ。衣装（コスチューム）が一つ余っていて、生死に拘らず身体（ボディ）は二つ足りない。亡くなった方の身体には行方不明の人の衣装が着せられている。大変にややこしいです。それに加えて、お二人が落ちた陥穽のことも――ありますから」

「あの壙も――関係あります？」

「あると思います。あの後、地元警察があの壙を調べています。あの壙は、最初の捜索――天津さんの捜索時からあったんだそうです」

「まあ、あることはあったんでしょうけど」

「でも、ほぼ連続して行われた是枝さんの捜索時には無視されています」

「な、何でです？」

それなりに大きいし、危ない。

「立ち入り禁止になってたからですね」

「は？」

「天津敏子さんは、あの壙の真横に生えている大きな樹——お二人を引っぱり上げるためにロープを結び付けたあの樹で、首を吊っていたのだそうです」

「わあ」

本当にすぐ傍だったのだ。

「尤も、ほんの一日二日で現場の扱いにはならなくなったようですけど。自殺と断定されてしまいましたから」

「でも無視、なんですか？」

「だって行方不明者の捜索なんだよ、美由紀ちゃん。ずっと警官が突っ立ってた場所を探したって仕様がないでしょう」

そうか。

壙を捜していた訳ではないのだ。

「で――今回のこともあったので、賀川さんを通じて所轄署と連絡を取り、検証して貰ったんです。あそこは元元陥没していて危ない地形だったようなんですけど、もし転んで落ちたりしても登れないような場所ではなかったみたい。なので――確実に人の手が加えられていると云うことでした。人為的な陥穽ですね。掘った跡も確認出来たし、掘り出した土を平らに均したような処もあったようです。上から落ち葉か何かを撒いて判り難くしていたんですね」

美弥子の想像は的中したようだった。

「昇降用の梯子や掘削具なんかは発見されてません。いつ掘ったのかも判らない。でも天津さんが首を吊った時、既にあの壙はあったんです。と、云うか――天津さんはわざわざあの壙の縁で自殺した、と云った方がいいのかもしれない」

「え？」

美由紀は思い出す。

思い出してやっと美由紀は気色悪さを味わった。あの時、もし遺体が片付けられていなかったなら、助けが来るまでの間亡骸はずっと――美由紀達の頭上にぶら下がっていたことになる。そうだったなら、星を愛(め)でるどころの話ではなかったろう。

「これ、無関係ではないでしょう。それからもう一つ、これはどうしたって納得出来ないことがあるんだけど——」

「全部納得出来ませんけども」

「天津さんと葛城さんの関係を雑誌社に漏らしたのは——天津家の誰かである疑いが出て来ました」

「それは——面妖な話ですわね。その方達は、二人の関係を一番隠したいと願っていた人達なのじゃなかったかしら？」

「ええ。それはつまり、当事者以外で唯一秘密を知っていた人達、と云うことでもありますよね？」

それもそうなのだが——。

「もう、ややこしいですよ！」

「そうね。でも必ずこの複雑な要素がスッキリ納まる構図が——ある筈です」

敦子はそう云った。

5

「居丈高(いたけだか)だったねえ——」

　そう云った後、茶店の小母(おば)さんは手にしたお盆を胸に押し当て抱き締めるようにした。

「警察はみんなそうなのかと思ってたけどねえ」

「事件解決のために口調が厳しくなるんですよ」

　そう答えて、敦子の知り合いの刑事——青木文蔵(あおきぶんぞう)はお茶を啜(すす)った。警視庁の捜査一課の刑事だと云うから、どれ程恐げな人なのかと美由紀は思っていたのだが、まるで違っていた。頭が大きくて、しかも童顔だ。顔だけ見るなら老け顔の賀川よりずっと子供刑事である。でも青木は子供には見えない。齢(とし)は聞いていないけれど、礼儀正しい優しそうなお兄さん、と云う感じである。

すいませんねえと青木は頭を下げた。

「いや、あんたが謝る筋合いはないさ。大体、あんた刑事には見えないねえ。どっかで見たような顔だし——それよりさ、こんな女の子引き連れた刑事なんかいやしないよ。娘さんじゃないだろうけど、奥さんと妹さんかね？」

「と、とんでもない」

青木は手と首を両方振った。

「あら。怪しいねえ」

「あ、怪しくないです。その、あの」

「あたしに隠すこたぁないだろさ。あんたら官憲は根掘り葉掘り何でも訊くだろ。偶(たま)にはこっちが訊きたいもんさね。さあ白状おし」

「いや、ですから」

捜査協力者ですと敦子が云った。

「おや。捜査なのかね、これも」

別な事件ですと青木は云った。何故か冷汗をかいている。

ケーブルカーの高尾山駅を降りた処にある茶店である。

青木は別の事件と云ったが、それは少しばかり違う。

慥かに秋葉登代の失踪は別件として処理されている。あくまで失踪であるし、事件性があると判断されたとしても、捜査するのは先ず担当所轄と云うことになるのだろう。

美由紀は警察の仕組みなんか能くは知らない訳だが、秋葉登代の捜索願が出されたのは柴又の交番で、そこは亀有署の管轄なのだそうだ。一方、是枝美智栄の捜索願が出されたのは賀川が勤める玉川署である。そして高尾山を管轄下に持つのは八王子警察なのである。天津敏子と葛城コウの捜索願は、八王子警察が受理している。更に葛城コウの遺体が発見されたのは群馬県であるから、こちらは群馬県警の縄張りなのだろう。

縄張りと云うのは変な気がするけれど。

捜してくれと頼まれた方が受け持つのか、見付かった場所の所轄が担当するのか、美由紀は知らない。しかしこれだけバラけていたのでは、まあどうしようもない気がする。

しかし。

それがもし一つの事件だったとしたら――。

群馬を除く各警察署は凡て警視庁の管轄ではあるのである。

敦子から話を聞いた青木は懸念を持ったのだ。

何よりも美由紀達が堕ちた陥穽のことが気に懸かったようである。考えるまでもなく、あれは子供の悪戯と云う規模のものではないだろう。労力もかかるだろうし、目的もなしにあんなものは掘らない。そして何か目的があるのだとすれば、それが犯罪に結び付くものである可能性は高い。

そうだとすれば。

放ってもおけまい。

だが、その程度のことで捜査本部とやらが出来る訳もなく、それでも事態をそれなりに重く見た青木は――美由紀は敦子の言葉だからこそ重く受け取ったのではないかと勘繰ってもいる訳だが――取り敢えず休暇を利用して個人的に現地を視察すると云う運びになったのだった。

正式な捜査ではないし、陥穽の場所も教えなければならないので、敦子も青木に同行するのだと云う話だった。

それは――。

狡い。

これで置いてけ堀は納得出来ない。

その前に、そもそも敦子と美弥子が――美由紀を差し置いて子供屋で密会していたこと自体が何となく、何と云うか、狡い。狡いと云うか、そんなことをされたのでは美由紀が必要なくなってしまう。美弥子にしてみれば敦子がいてくれれば充分なのだろうし、敦子にしてみても、美弥子さえいれば美由紀は要らない。ま、そうでなくとも自分がそんなに必要でないことは美由紀が一番良く識っている訳だけれども、だからこそ割り込んででも雑じりたいのである。

まあ今回に限れば、雑じってしまって悪かったかなと多少は思う訳だが。

青木にしてみれば、多分、敦子と二人きりが良かったのじゃないかと美由紀は思わないでもないのである。

と――云う訳で。

美由紀は先日堕ちた陥穽の検証のために警察に呼ばれているのだと、学校に嘘まで云って出張って来たのであるが。まあ、嘘と云えば嘘なのだが、そんなに大きく違ってはいないと思う。ものは云い様と云うヤツである。

と――云う訳で。

美由紀は多少のお邪魔感を覚え乍らも敦子の横で田楽かなんかを食べているのである。かなり寒くなって来たので、蒟蒻なんぞは迚も美味しい。

「別の事件って何サ。天狗攫（さら）いだの首吊りだのって、この頃は物騒だけども、まだ何かあるのかい？」

小母さんは——いや、年齢的にはまだまだお姉さんと呼ぶべきなのかもしれないのだけれど——明るくてかなり元気だ。

「まあ、悪戯（いたずら）だと思いますけどね。山の中に穴が掘ってあったんですよ」

「そりゃあんた、穴熊（あなぐま）じゃないの？　鼬（いたち）だの狸（たぬき）だの、いるんだよ山にはね。けだものが。穴熊は、穴掘るわよ」

穴熊だからねえと小母さんは云った。

「ぼこぼこ掘って、余った穴を狸なんかが使ってるわよ。燻（いぶ）せば出て来るさ」

「そうじゃなくて——」

陥穽なんですよと美由紀は云った。

「落とし穴？　子供の悪戯かい？　子供いないけどねえ」

「私が堕ちたんです」

「おやまあ。子供にしちゃア随分と大きいねえ。最近の子は栄養が足りてるよ。あたしなんざさ、あんた位の頃は南瓜（かぼちゃ）ばっかり食べてたからね。こんな、カボチャっ面（つら）になっちゃったのよう」

小母さんは左手で口を押さえ、笑い乍ら右手で軽く美由紀をぶった。南瓜だと云われればそう見えないこともない訳だけれども、ここでお世辞を云っても始まらないので美由紀は苦笑いで誤魔化した。

「まあ大きいんですけど子供です。この大きな私が落っこちて出られなくなる程深い壙なんですよ」

危ないじゃないかと小母さんは云った。

「そんなもん、怪我するよ。穴熊はそんな穴は掘らないけどねえ。小っさいから。天狗の窩かね。天狗ってのは窟か樹の上じゃないかね」

掘ったのは人だと思いますよと青木は云った。

「悪戯にしては度が過ぎているんで、調べようかと云うことになったんです。どうでしょう、その、円匙だの鶴嘴だの持った人足のような一団が登って行った——なんてことはありませんでしたか」

「そりゃ見てないけどねえ。いつのことだい？」

「それが判らないんです。あの、天津さんの」

自殺だねえ自殺、と小母さんは云った。

「そりゃ名前覚えたよ。若いのにねえ」

「ええ、その——ご遺体が発見された時には、もう壙はあったようなんですけど」

「じゃあ何で埋めないかね」

警察怠けたねと云った後、イヤだあんたも警察かと続けて、小母さんは今度は青木を叩いた。

「それで、お嬢ちゃん落っこちたかい」

「堕ちました」

「そりゃでっかい穴だね。そんなもん道具なしには掘れないだろうけど、あんた、そんな鶴嘴なんかもでっかいでしょうに」

「大きい——ですね」

無理無理と小母さんは云った。

「あのね、この辺の山はさ、なんたらとか云って保護されてんだ。誰かに。薬王院さんの権現堂だって、東京都からなんとかに指定されたのさ、一昨年（おととし）」

有形文化財ですねと敦子が云った。

「その文化財さ。そんなもん、大事だからねえ。傷でも付けられちゃ堪らないよ。そんな工事人夫みたいなのは登って来たらすぐ判るからさ」

「あの」

敦子が手を挙げた。

「四五人か、それ以上の、同じような恰好をした集団が登って来ることってありますよね？」

「四五人？　そんなの、まあザラにいるさね。講みたいなのだと、十人も二十人も団体で来るしね」

「男ばかりで、下山の際に凄く汚れていたと云うような——」

「汚れてた？　どうかねえ。お参りにしろ山歩きにしろ、そんなちゃらちゃらした恰好じゃ来ないから。転べば汚れるだろうし。それにさ、別にここは関所やなんかじゃないからね。あたしだってずっと突っ立ってる訳じゃないし。門番じゃないから。看板娘だけども。カボチャなんだけどさ。いや——」

小母さんはお盆を抱えて上を見た。

「いたね」

「いた？」

「ほれ、あの、天津さん。あれの捜索とかでさあ、居丈高な警察が来て、まるで罪人みたいに訊かれたでしょう。それからその次の人、天狗に攫われた人」

是枝美智栄のことだろう。

「あれもまた、居丈高なのがね、やって来て執拗く訊く訳だわよ。思い出せ、思い出せって。だから思い出したのさ。その前後のことを。で——」

でもこれは警察にも云ったわよと小母さんは云った。いや、小母さんではないのだろうが。

「何を——ですか？」

「あのさ、国民服ってあるでしょう。復員服なのかいね。そんなの、今日日着ないでしょうに。戦後は能く見掛けたけども。あんなの着た——そうねえ、五六人だったかねえ。三十過ぎの、むさ苦しいのがさ、固まってそこに座って——」

小母さんは美由紀の座っている桟敷を指差した。

「それがねえ、泥だらけさ。そんでお茶飲んで、酒はないかねなんて。ないさ」

茶店だものさと小母さんは顔を顰めた。

「それ、いつですか？」

「いつですかって、だから、その天津さんかね？　それが見付かる前——だから、首吊った前の日かね。そうだよね。その天津さんがいつ登ったのかは知らないんだけどもさ。何か変なことはなかったかと訊くからちゃんと云ったよあたしゃ。苦心して思い出してさあ。なのに、そんなこたぁ関係ないって、まあけんもほろろさ」

居丈高だよ警察はと小母さんは青木を見た。

「まあ――高圧的なもの云いに就いては代わりに謝りますが――実際、人捜しには関係なかったんでしょうけどね。でも、こっちの件には関係あるかもしれませんね。その男達と云うのは」

「いやいや、泥だらけだっただけだよ。汗臭くってさ。でも鶴嘴なんざ持ってないのさ。そんなもの持ってたら苦労しなくっても覚えてるからね。雑嚢みたいなのは提げてたけども、そんなもんには入らないでっしょうに」

「いや」

青木は首を捻った。

「僕は海軍だったから能く知らないんですが、陸軍式の小円匙なら入るかもしれませんね。あれは携帯用だし」

「ショウエンピ？」

敦子も何だか判らないようだった。

「小さめの円匙のことですよ。理由は知りませんが陸軍では円匙をエンピと読む習わしなんだそうです」

敦子は納得したようだが、美由紀はそう訊いても判らない。

それ何ですかと訊くと、シャベルだねと青木は答えた。

「いや、シャベルだって十分大きいですよ。それとも移植鏝みたいなのですか？ それじゃあんな壙、掘れないですよ」

「そんなに小さくはないんだ。歩兵が携帯していた掘削具——と云うか武器で、柄の部分が抜けるんだよ。先の、スコップと云うか、鉄皿の部分に木製の柄を差し込めば小振りなシャベルになる。塹壕を掘るのに使うんだろうけど、盾の代わりにしたり、接近戦で相手を殴ったりしたんだそうだよ。それだと、分解すれば」

こんなものですかねと青木は両手で大きさを示した。

「ああ、なら袋にも入るかね。じゃあ、あいつらが掘ったのかねえ、子供でも穴熊でもないのにさ」

「可能性はありますね。そうすると、陥穽を掘った翌日に天津さんは自死したと云うことになりますか。これ、タイミング的にどうですか。偶然にしては出来過ぎてる気がしますけどね」

青木の問いに、偶然じゃないかもしれませんねと敦子は答えた。

「偶然じゃないって——陥穽が完成するのを待って、天津さんは自殺したと云うことですか？ それは何だか妙ですよ、敦子さん」

「ええ。そう考えれば妙です」

　敦子は人差し指を顎に当てて、少し考えてから、

「かなり苦労されて思い出されたんですね、色色と――」

　と小母さんに向けて云った。

「苦労してってね、まあそう云われるとあたしのお頭が悪いみたいだけどさ。覚えてないよね、そんなことはさ。まあ、その天狗に攫われた娘さんか？　ええと」

「是枝美智栄さん」

「その美智栄さんか。あの子はね、明るくて好い子さ。三回か、四回か、そのくらいは来てるみたいだけど、あたしゃそんなには覚えてないけどさ。ただ見覚えはあったのさ。元気良く挨拶してくれたしねえ。おでんも食べたから。だからって、いつ来ましたかと云われたって、普通は覚えてないだろうさ。でも、攫われた日の美智栄さんはね、覚えているのさ。何たって、御不浄貸したから。そこのさ」

　小母さんは奥を示す。

「山で便所は大事さね。ご婦人はその辺で用足す訳にいかんでしょう。だからうちの便所は重宝なのよ、あんた。でも」

　帰りは見てないと小母さんは云った。

「さっきも云ったけど、見張りでも門番でもないから、ずっと立ってる訳じゃないからね。見逃したんだろ。うちはもう一人いるしね。でもその日はあたし一人だった筈なんだけどね。見逃しだね」

「まあそうですよね。天津さんが登って行くところも見ていらっしゃらない」

見ないねえと小母さんは云う。

「そもそも、その自殺した子は知らない子だからねえ。写真覧せられたって判りやしないよ」

「写真覧たんですか」

美由紀は顔も知らない。

「だから、その居丈高な刑事が突き出して覧ろって云うのさ。覧たって判らんよ。そもそも、後から来た刑事が出した美智栄さんの写真とだって、区別が付かんかったくらいさ」

似てるんですかと問うと似てないよと即座に云われた。

「あのね、似てないったって、普通はみんな似てないよ。顔は違うじゃないか。でもほら、パッと見と云うのがあるだろ。写真なんか同じに見えるさ」

「写真では似ていたんでしょうか」

「だから顔は似てないよ。まるで違う顔さね。服装だって全然違うから。その日着てた服ってのはね——自殺した子の方は見てないけどさ、あの居丈高な刑事が諄諄(くどくど)と説明したからさ。覚えちゃったよ。何だい、カーディガンかい、桃色の。それに、裳裾(スカート)だってさ。そんな恰好じゃあんまり来ないよ、この辺」

まあそうだろう。

「だから全く見覚えがないの。で、美智栄さんかい、その人はさ、あの洒落(しゃれ)た登山帽に、それからリュックサック背負って、何だったかね。格子柄の襯衣(シャツ)と鼠色の上衣着て、それから黒っぽい洋袴(ズボン)だってのさ。いや、ホントにそう云う恰好だったのさ、あの子は。お便所貸したんだもの。リュックサック預かったからね」

「なる程。写真はそう云う恰好じゃなかったんですね」

「全然違うさ。両方とも見合い写真みたいなもんだもの。そんなのじゃ区別付けにくいだろ？」

「なる程」

敦子は再び考え込んだ。

青木がその横顔を覗き込む。

それから刑事は参道の方を見た。

「巡礼のような恰好の人達って、多いんですかね、このお山は」

「巡礼？　それって、四国とかじゃないのかい」

「いや、ほら」

青木が示す先には、白い和風の服装をした人が数人、杖を突いて歩いていた。

ああ云うのがそのナントカなのかと美由紀はやっと納得出来た。

「ああ。巡礼じゃないさ。でも、まあいるけどね。講の人達なんかだと揃いの白衣の人もいるね」

「その、問題って？　あ、自殺と天狗攫いの日かい？」

「問題の日ですが」

「その日です。その日、あんな感じの恰好で、しかも菅笠被った女性が一人で登って来ませんでしたか？」

「来た」

「来たんですね」

「それだって警察に云ったよ。丁度、美智栄さんか。あの子にお便所貸した時に通り過ぎたね。あたしゃリュック持ってたから将にその時だね。こりゃ間違いない。でも関係ないだろと云われたけどね」

関係はなかったのだ。

その時点では――。

「それは目立った、と云うことでしょうかね？」

敦子が問うと小母さんは首を振った。

「目立ってか――まあほれ、同じような出で立ちの人ァいるからさ、別に取り分け目を引くようなもんじゃないさ。でも、その服装で独りってのは、そんなにいないのさ。しかもほれ、見な。大体爺婆でしょうに。若い娘はあんな恰好はしないって。そう云う意味じゃあ、まあ珍しいね。それに、笠被ってたんでしょう」

「被ってたようです」

「ね？　笠はね、あんまり被らない。被ってないでしょうに。袖無し着たり、結袈裟掛けたりする程度よ。それこそ四国の巡礼さんとか、そう云う人は色色廻るんだろうからねえ、笠も被るだろうけどもさ。ここはそう云うのじゃないからねえ。薬王院さんは薬王院さんさ。お参りするだけ。山歩きはまた別さ。大体、今は笠なんか被らんでしょう。昭和だし」

「昭和の御世だからこそ、菅笠を被った若い女性は目立った、と云うことですね？」

あらそうだわと小母さんは云った。

「目立ってたってことだねえ」

「でも――下山するのは見ていらっしゃらない？」

「見逃しだねえ」

見張ってる訳じゃないですもんねえと美由紀が云うと、その通りさと云われた。

「だって、その、美智栄さんかい。その子だって見なかったんだから。あたしだってお便所に行くからね。その間かもしれんでしょう」

そうですよねえと云って、敦子はケーブルカーの駅の方に顔を向けた。

「その日――」

そして、敦子は云った。

「その日、下山する人の中で記憶に残っている人はいませんでしたか？　ご覧になった範囲で構いませんし、高圧的な警察が関係ないと断じたことでも結構ですが」

見下されてんだよねえ官憲にと小母さんは悔しそうに云う。

「あたしはさ、三十五年も生きて来て一度も法律に触れるようなことはしてないからね。一度出戻ってるけど。警察にドヤされるような覚えはないからね」

本当にすいませんと青木が頭を下げた。

余程酷(ひど)い扱いを受けたのだろう。

「まあねえ。そう、変梃な爺さんがいたけどね。爺さんでもないのかね。頰被りしてさ。まあでも、その頃には何度か見掛けてるから、関係ないかね」

「何度か？」

願掛けか何かに通ってたのかねと小母さんは云う。

「そりゃまあ、あたしも関係ないと思ったから云わなかったけどさ。後は、そうだねえ。大体同じようなもんだからねえ。そうだ、具合が悪くなった人がいた」

「それは？」

「いや、どうしたのか尋いてみたさ。心配だろ？　何でも腹が痛くなったんだと云ってたけどねえ。女の人だよ。こう、髪の長い。旦那さんだかに背負われてさ」

「背負われて？」

それは、もしや。

「それ、是枝さんじゃ——」

髪が長かったんですかと敦子が尋いた。

「長かった。被さって顔が見えなかったからね」

そうか。違うのか。是枝美智栄は短髪なのだ。

「背負ってた男性はどんな人でした？」

「おや、喰い付くね。あれは旦那なのかね。親かもしらんね。老けてたからね。背中の女の人の頭が、こう、こっち側にあったから、男の顔は能く見えなかったけど、若かないね。杖突いてたしね」

生きてましたかと美由紀が尋くと、莫迦なこと云うねこの子はと云われた。

「何だって死体さんなんか背負うかいね。それこそ警察喚ばなくちゃいかんでっしょうに。生きてるに決まってるだろ。うんうん唸ってたよ。死人は唸らんだろ。あんまり苦しそうだったからお便所貸そうかと云ったんだけど、瀉した訳じゃあないからと云ってたね。癪か何かかね。盲腸かもしらんねえ」

「それもその日――なんですか」

「その日さね」

「女性の服装は覚えてますか」

「ホントに喰い付くね。さて、どうだったかねえ。ありゃ、リュック背負ったまんま負ぶさってたんだよ。で、その上から上衣が掛けられてたんだろうね。ありゃ男物の上衣だね。だから判らないね。でも裳裾やなんかじゃなかったね。洋袴穿いてたと思う。別に珍しい恰好じゃないよ」

「それは、参拝の方でしたか？」

「お寺参りって感じじゃないよ。だから山歩きの人だろうねえ。お寺で具合悪くなったなら、どっかに寝かすとか何かしてくれると思うよ。こりゃ云った。警察にも話したよ。ここまで詳しく話しちゃないけど、ちゃんと云った。でも」

関係ない、ですかと美由紀が云うと関係ない、だよと小母さんは答えた。

「まあ関係ないんだろ。行方知れずの女の子に似た人負ぶってたと云うならねえ、そりゃ大手柄でしょう。なら、あんなに居丈高にはされないさ。でも、似てなかったからさ」

「似てませんでしたか」

「顔は判んないよ。でもさ、行方不明の子ってのは、裳裾（スカート）穿いてたんだよ？　洋袴（ズボン）だものさ。髪も長いし、全然違おう？」

いや、それは。

「それは――天津さんの方ですよね？」

「それそれ。天津さん天津さん。自殺しちゃった子」

可哀想だねえと小母さんは云った。

「その、もしかしたら」

「何さ」

青木は困ったように眉尻を下げた。

「最初の——天津さんの捜索に来た捜査員に話をされて、その時に却下されてしまった話は、二度目の是枝さんの捜索に来た捜査員には話していない——とか云うことはないですか？」

「そりゃ関係ないことは話さないさ」

また見下されるのは御免だからねと小母さんは云う。

「では、その背負われて降りた女性のことは——」

「二度目にかい？　話さないよ。だってあんた、違う人だもの。そんな話は訊いてないとか云われるだろ？」

「いやしかし、服装が」

「服装ってさ。似たような服装の人はいるさ、それは。でもあたしゃあの子、是枝さんか。知ってるんだから。お便所貸したんだから。写真より確実さ。大体、おんぶされてた人は髪が長いって云ったろ？　判らん人達だね」

そうか。

是枝美智栄も天津敏子も、二人とも髪が短いのだ。

写真が似た感じに見えたのはその所為なのだろう。

「そうですか。実は、その、白衣に菅笠の女性も行方が――」

ないない、と小母さんは云った。

「ない？」

「天狗攫いはないって。大体、攫わないって。天狗攫いってのは、他の土地じゃああるのかもしらんが、ここはないって。高尾山の天狗さんは悪いもんじゃあないよ。薬王院さんのご本尊は薬師如来様と、飯縄大権現様さね。だから、天狗ったってただの天狗じゃない、飯縄大権現様だから。有り難いんだから。攫わないって、そんな人なんかをさ。いなくなったなら、だから下山してるんだよ」

「そうですね」

見逃し見逃しと小母さんは云う。

敦子はそう云った。

「その通りです。お山にいないなら、下山を見逃しているか――」

登っていないかですねと云って、敦子は立ち上がった。それからどうも有り難うございましたと頭を下げ、鞄から財布を取り出した。

「あら」

小母さんは青木を睨んだ。

「あんたさ。いいのかい。この人お代払おうとしてるじゃないか」

「え？」

青木はおろおろとした。いいんですよと笑って敦子は小母さんにお金を渡し、二人分ですけど、と云った。

「おやま。まあ、サッパリした子だねあんた」

気に入ったようと小母さんは敦子の肩を叩いた。

「まあね、あたしゃ何でもかんでも男が金出すって風潮は、本当は気に入らないでいたのさ。あれだろ。欧米（あちら）さんの猿真似なんだろ。でもさ、まあ見栄張りたいのかイイカッコしたいのか、払うのさ大抵男が」

青木は申し訳なさそうに首を竦めた。

「最近じゃ女がさ、払わないとむくれたり払えと云ったりするの。どう云う料簡なんだかねえ。でも、そんなだから心配したんだよう。こう云うのはね、まあ男だ女だ関係ないやね。割り勘割り勘――」

と、青木から勘定を受け取ろうとした小母さんは、あっと叫んだ。

「何です？」

「あんた。思い出したよ。あんたさ」

小芥子に似てると云って、小母さんは膝を叩いた。青木は何だか、極めて残念そうな顔になった。

「あたしの連れ合いの弟がね、山形で小芥子作っててさ。要らないってのに送ってくるの。もう六つもあるの。その、困ったような笑ったような顔が似てるよ」

どっかで見たと思う筈だわ毎日観てるものさと小母さんはケタケタ笑った。

陥穽に向った。

青木はずっと残念そうにしていた。

敦子に尋いてみたところ、青木は色色な人から同じことを何度も云われているらしい。最初に小芥子に喩えたのは——多分——榎木津だったようだと云う話なので、まあがっかり感は相当に大きいのだろう。

茶店から壙までは二十分程歩く。

たった二十分なのだけれど、コースからは外れているし、普通なら先ず行かない場所だろう。景色が良い訳でも何かがある訳でもない。

琵琶滝に行くポイントを越す。美弥子と歩いたコースである。

「是枝さんは、この辺からコースを逸れた感じですかね」

青木が云う。

「此処まではそれなりに目撃者がいるようですし。まあ、もっと進んで引き返したりしたと云う可能性もありますが——いずれにしても道を間違えるようなことはあり得ないし——それ以前に道がないですね。なら何処から紛れ込んでも同じことなのか」

「でも」

敦子は見渡す。

「天津さんの場合は自殺するために森の中を彷徨したのかもしれないですから、何処を歩いたのかは不明ですけど——是枝さんの場合は何らかの誘導がなければコースを逸れることはないと思いますけど」

「誘導か」

「それに、秋葉さんの場合は山歩きではなく参詣に来たのですから、より山に迷いこむ可能性は低いですよね。是枝さんは、本来ならこのまま山の中腹をぐるっと一周する予定だったんでしょうけど、秋葉さんは真っ直ぐお寺に行った筈です」

「お寺に行くには、さっきの茶店から見えた門を潜って直進——ですか」

「浄心門ですね。是枝さんの進む筈だったコースも、お寺の裏手を回って最終的には浄心門の処に行き着く筈ですけど」

そうですと美由紀は云った。

「そこにお腹が痛くなったか具合悪くなったかなんかした人がいたんですよ。美智栄さんを見知った」

「うーん」

　青木は腕を組む。

「それぞれ同じ日の出来ごとだったとして、同時に発生した案件とも考え難いですかね。天津さんが、その、首を吊ったのが何時なのかも判りませんし」

　判らないんですかと尋くと判らないだろうねと青木は答えた。

「解剖した訳じゃないからね。不審死だから検案はしたけれど、大まかなことしか判らない。死体の状況から見て、午以降だろうと云う程度だね」

　どれも時間帯はそう離れていない訳ですよねと敦子が云った。

「いや、秋葉さんは午前中に参拝しているものと考えられています。家を出たのはそれなりに早かったようで、寄り道をしていなければ十一時前には着いていたのではないかと」

「そうですか」

「天津さんは夜明け前くらいに家を出てるんですよね？」

　美由紀が問うと、でも山に登ったのが何時かは不明だねと青木が応えた。

「ケーブルカーに乗ったのなら始発は八時ですから、それ以降ですね。ただ、是枝さんと違って、天津さんは目撃者がいないんです。その日は今日なんかよりも人出が多かったようですし、取り分け目立つような恰好でもなかったんでしょうから、紛れてしまったのかもしれないですけど――」

目立ったと思いますと敦子が云う。

「山歩きの恰好でもないし、参詣するような恰好でもないですよ。どちらかと云えば軽装です。そんな服装でケーブルカーなんかに乗っていたら却って目立つんじゃないですか」

慥(たし)かに、今日もそれなりに人はいるけれど、カーディガンに裳裾(スカート)と云う出で立ちの人は見かけていない。

「徒歩で登ったのなら、自宅から此処までどのくらい時間が掛かるのか、ちょっと判らないですしね。幾ら早く家を出たとしても、まあ――真っ直ぐに来たとして午前中と云う程度しか絞り込めないかなあ」

「秋葉さんはどうなんでしょう。さっきの茶店のご婦人は、是枝さんとほぼ一緒だったと云ってましたけど、ケーブルカーなんかでの目撃者はいないのですか？」

調べてないでしょうねと青木は云った。

「訊き込みくらいはしてるのかなあ。しかし衣服が見付かったのは此処よりも下ですし、薬王院に参詣したのが間違いないのだとしても、下山はしているのだろうと云う判断でしょう。だから山狩りのようなこともしていませんよ」

「してないか」

　敦子は森を見る。

「すると、天津さんが一番早く到着していた――可能性はあると云うことになりますよね。天津さんはお寺に行った訳でも山歩きコースを進んだ訳でもないですから、まあ、自主的に人気のない場所を捜して森に踏み込んで行ったのでしょうけど――」

　美由紀も森の方に顔を向けた。

「それで偶々陥穽の処に行き着いて、其処を選んじゃった、と云うことですか？　不謹慎ですけど、上手い具合に枝振りの好い樹があったとか？」

　それはどうかなと敦子は云う。

「私が天津さんなら、森に分け入るにしても、多少なりとも道らしきものがある場所から入るけど。此処まではそう云う感じのポイントはなかったでしょう。此処はそう云う意味で比較的踏み均されている感じがするんだけど――」

　青木は丹念に地面を観ている。

「まあ、そう云う意味ではそうですね。でも足跡なんかは、もうあるんだかないんだか判りませんね。普通は通らないような場所も、捜索隊が大勢で歩き廻ったんでしょうから」

「私達もこっから入りました」

美由紀は覚えている。

「樹と樹の間が少し開いてるのと、奥はもう森――って感じですよね？　何と云うんですか、鬱蒼(うっそう)としてると云うか。此処まではそうでもない感じですよ」

あっちなんですよね――と青木が聞く。

そうです、と美由紀は答えた。

「助け出された時も此処からですよね？」

「そうだと思う。あの時は熊沢さんが何故か先導してて――」

「熊沢さん？」

金次さんよと敦子は云った。

「ああ、おかまの人の、金ちゃん」

それって女学生が使っていい言葉じゃないように思うと敦子に云われた。それを云うなら、そもそもお嬢様が使う言葉でもないだろう。

「あの人、物凄く心配してて。篠村さんは親友なんですって。そんな風に云ってくれる友達がいるって、少し羨ましい」

　敦子はそう云うと森に踏み込んだ。

　青木が何とも云えない神妙な顔で続いた。

　美由紀は少しだけ、自分の気持ちを考えた。

「矢っ張り。この道は——道じゃないんですけど、多少は歩き易い気がします。その上、美由紀ちゃんが云う通り、先が拓けていないから——」

　景色に見覚えはない。

　と、云うより何処も一緒である。

　これでは何のために付いて来たのか判らない。

「ええと」

「こっち」

　敦子は覚えているようだった。

　暫く進むと、異様なものが見えた。

「あれ何です？」

「立ち入り禁止、と云う意味でしょうね」

少し後ろから青木が答えた。

「誰が落ちないとも限りませんから」

「はあ」

見れば、壙の周りに何本か杭が打ってあり、縄が巡らされているのだった。危険と書かれた板を打ち付けた、立て札のようなものも立てられている。

「呉さん達の件もあるし、敦子さんからの通報もありましたからね。一応、地元の警察が検分してるんですよね。ただ、他の案件と関連付けて調べてはいないと思いますけども——あ、あの樹ですね」

青木は、壙の縁に聳(そび)えた大きな樹を示した。

見れば本当にすぐ傍(そば)である。太い枝は壙の真上まで張り出している。

「山桜(やまざくら)——ですか」

「ええ。思うに、あの枝に紐を掛けて壙の方に飛んだ——のじゃないでしょうか」

「え？」

じゃあ、傍と云うより真上ではないか。

美由紀はあの夜見上げた星を思い出す。

屍がそこにあったなら、星は見えなかったかもしれない。

「ホントですか？」

「ええ。山の中ですから、踏み台がある訳でもないでしょう。だからこの壙と枝はある意味でうってつけの」

そこまで云って青木は、いやこの表現は不適切だなと云った。

「亡くなられてる訳ですからね。しかしですね、あちら側――あの、切り立った方の縁ぎりぎりに立って、紐を投げて枝に掛け、輪を作って頸（くび）に掛けて、それで跳び降りれば――」

「ううん」

その――丁度真下に美由紀と美弥子は並んで座っていたのである。

あ、と敦子が小さく叫んだ。

「その、自殺に使った紐は何処で調達したのでしょう？」

自宅にあったもののようですと青木は答えた。

「腰紐を何本か固く結んで使用したようです。いずれも天津家のもののようで」

「そう――ですか」

「ああ、まあ慥（たし）かに掘ったものですね」

青木は屈んで壙を覗き込んだ。

「この斜面、こちら側は元元あったものの様ですが、あちら側は完全に掘ったものですね。ここで滑ったんですか？」

「滑ったんです。美弥子さんが。私は、まあその手を掴もうとして転げ落ちました」

能く怪我がなかったなあと青木は云う。

「滑り台のようになってるんですね。それで突然深くなっている。あちら側は、そうだなあ、三メートル以上はあるでしょうね。下の土が柔らかかったから良かったんでしょうけど――」

痛かっただけですと美由紀は云った。

痛かったのだ。

でも。

「本当に彼処に天津さんがぶら下がっていたとして、それを見付けた人が駆け寄ったなら――堕ちてしまいますよね？」

「ん。そうだな。そうですね」

「ここにこんな穴ぼこがあるなんて思いませんよね。来た方角からは能く見えないですよね、壙。だったら、美智栄さんも、その秋葉と云う人も、首吊りを見付けてこの壙に落っこちた――んじゃないですか」

「うーん」

　青木は屈んだまま腕を組み、おまけに首まで傾げた。

「そうだ。序でに——序でにと云うか、葛城さんも落っこっちゃったとは考えられませんか？　それなら通報することも、遺体を下ろすことも出来ないですよね？」

「それは——まあそうだけど」

「で、壙の中で美智栄さんと葛城さんは服を取り換えた——違うなあ。葛城さんが美智栄さんの服を着て、それで秋葉さんが」

「服を脱いだ？　何でだい？」

「ええと」

　判らない。

「そもそも、その三人は誰が壙から出したんだい？　いや、それよりも先ず、この壙は何のために掘られたんだろう？」

「ですから、その、女の子を捕まえるためですよ。って——違いますね」

　美由紀は敦子を窺い見る。敦子は考えている。

「先ず」

「何です？」

「天津さんのご遺体を見付けて駆け寄ったと云うのは、ない話じゃないけれど、それが見える場所まで誰かに誘導されなくちゃ矢っ張り無理よね。山歩きコースからは絶対に見えない」

「あ、そうか」

「葛城さんに限っては、別だけど。天津さんを探していたのならそう云うこともあるかもしれない。でも、他の二人は」

「無理か」

「無理なんじゃなくて、見える処まで連れて来られたのならばあり得る——と、云うこと。二人とも山に分け入る理由は見当たらないし。勿論、理由なんかなくても紛れ込んじゃうようなことはあるだろうから、偶然に見付けて落ちちゃうことだってあり得る訳で、だから決して無理なことではないの。ただ、連れ立って歩いていた訳でもない複数の人が連続して落ちてしまうと云うのは、少しばかり考え難いことだと思うのね。それでも、この壙が誰かを拉致するために掘られたものだと云うことに就いては——そうなんじゃないかと思う」

そうですかあと、少し高目の声で云って青木は立ち上がった。

「そんなことして何になります？」

「それは判りませんけど、青木さん、他の用途思い付きます？　私は全く思い付きません」

「いや、しかし——誰か個人を狙ったと云うことじゃないですよね？　是枝さんも秋葉さんも、その日高尾山に登ったのは、謂わば偶然ですよね？」

「偶然と云うか、第三者が両者の予定を把握していたとは考え難いですね」

「誰でもいいなら、わざわざこんな山の中を選ばなくても良い気がしますけどね。人攫うのが目的なら、もっと好い場所があるんじゃないですか？　それに、こんな手間を掛けなくても」

「いや、多分」

　此処じゃなくちゃいけなかったんだと思いますと敦子は云った。

「どう云うことです？」

「茶店のご婦人が云ってましたけど、この壙が完成したのは天津さんが亡くなる前日ですよね？」

「そうなりますね。掘り始めたのがいつなのかは判りませんが、少なくとも天津さんが亡くなった日にはもう出来ていた訳ですから——あのご婦人の記憶が確かなら、前日までそれらしい人達が作業していたらしいと云うことになりますからね」

「そうですよね」

敦子は壙を見詰める。

「どうしたんです？　何か思い付きました敦子さん？」

「思い付くことなんかないよ」

「え？」

「知り得たことを組み合わせ積み上げて行くだけ。豊かな発想とか鋭い直観とか、そう云うものは私にはないから」

「そうですかね。私も概ね同じことを知ってるんだと思いますけど、組み合わさりもしないし積み上がりもしませんよ。頭の作りが雑なんですかね？」

そんなことないよ——と、敦子は微かに笑った。

「美由紀ちゃんは嬉しいとか悲しいとか沢山感情を持っていて、それで正義感もあって、しかも聡明。私は哀しくても辛(つら)くても正しい方が好きなの。そしてどんなに好ましく思っても間違っているものは許せないのね。善悪好悪優劣に拘らず、筋が通っていないと許せない性分なのよ。それが悪いこととは思わないし、変えるつもりもないけど」

つまらない人間なのと敦子は云った。

「いやいや、全然つまらなくないですけども。正しい方が良いに決まってるじゃないですか」

そうでもないよと敦子は云った。

「もしか、悪い予想――ですか」

「悪い予想は幾らでも出来るでしょう。前にも云ったけど、最悪の事態を常に予測しておけと云うのが兄貴の教えだし。だから予想とか、予測とか、そう云うのはね。いいんだ。でも、その良くない予想が補完されるような事実に辿り着いてしまうと、どうしようもなく」

厭になることもあると敦子は云った。

「面倒臭い女なのよ」

美由紀はそうとは思わない。

美由紀がちらりと目を遣ると、青木は悩ましげな眼差しで敦子を見ていた。それがどんな気持ちの表れなのか、美由紀には判らなかった。

敦子は壙の反対側に回り込み、山桜の大木を見上げた。

「あの枝――ここからじゃ判り難いですけど、随分擦れてませんか？」

青木も慌てて敦子の横に立ち、背伸びして枝を眺めた。

「そうですかね。まあ、人の体重を支えたんだから」

「いや、荷重が掛かったと云うより、紐で擦ったような感じがするんですけど」

「引っ掛けた後、こう扱いたんじゃないですか。強度を確かめるために」

青木は車を運転するような仕草をした。

擦ったり磨いたりする動作のようだ。

「そうなのかな。それだけで木の皮が剝けるみたいになりますか？」

「そんなになってます？」

私が樹に登って見てみましょうかと云うと、それは止めた方が良いよと異口同音に云われた。

「落ちるよ」

「意外に身軽ですよ」

「いや、そうかもしれないけど、呉さんまた壙に落ちたらどうするんだい。今度こそ怪我するだろう」

「あ、そうか。下は壙か」

青木は体を傾けたり爪先立ちになったりして枝を観察し、まあ慥かにそんな感じに見えますすねえと云った。

「どう云う――ことでしょう」

「現場の写真なんかはない――ですよね」

「最初から自殺扱いですからね。ただの変死なら撮りますけど、どうかなあ。ないと思いますけど」

敦子はそうですよねと云い乍ら、こんどは自分の足許を見た。

「かなり踏み固められてますね」

「下ろす時に何人も来てますしね。捜索の人達も検分の警官も来てますから。そうそう、壙を掘った時に出た土は――あっちの方に積んで、踏み均したみたいです。上から枯葉なんかを撒いて隠したようですが、まあ、見れば判ってしまう。柔らかいですから足跡も沢山残ってます。でも、此処は元元の地面だから、そんなに柔らかくないですし、ご覧の通り枯葉やら枯れ草を敷き詰めたみたいになってますから、足跡なんかは――」

あれ、と云って青木は前屈した。

「これ、かなり深い靴跡だなあ。ご遺体を下ろす時に付いたのかな？」

「捜査員の方の靴跡ですか？」

「いや――どうだろう。まあ、やや特徴的な靴ではありますね。兵隊靴かなあ」

美由紀も回り込んで、敦子の後ろから覗いた。抉れているという感じだ。

「作業は地元の消防団なんかにも頼んだんだろうから――いや、大体長靴なんですけどね。それに一つだけと云うのは多少変ですかね。下ろすにしても複数で作業しますからね。此処、足場も良くないし、ご遺体が破損したりしないように慎重に作業しますからね。それに下ろす段階では他殺の可能性だって未だ――あ、いや、まあ足跡自体は複数あるなあ」

敦子も屈みこむ。

「これは多分、益田さんの足跡で、こちらは熊沢さんのものだと思います。私達はその山桜――あの日は夜だったから全く何の樹か解らなかったんですが、その樹にロープを結び付けて、篠村さんと美由紀ちゃんを引っ張り上げたんです。熊沢さんは結構踏ん張っていたけど、でも、この靴跡より深くはないですね」

そう云えばそうだった。

「生きた人間と違って、死体は動かないから重いですけどね」

重さ変わらなくないですかと云うと、美由紀ちゃん自分で登ったじゃないと敦子は云った。

「土に捕まったり脚を掛けたりして、登ろうとしたよね。死体はそう云う動きは一切ない訳だから――」

　敦子はそこで言葉を止めて、そうか、と呟いた。

「何がそうか、ですか」

「生きてても動かなきゃ重いか。美由紀ちゃんより脚を傷めていた篠村さんの方が引き揚げ難(にく)かったのはその所為か」

　まあ、体重はほぼ変わらない気がする。背が高い分、美由紀の方が重いかもしれない。いや、美弥子は華奢(きゃしゃ)だからきっと美由紀の方が重い。

　まあ能(よ)く見ると足跡はそれなりに残ってますねと青木は云った。

「ありますけど、どれも浅いし、この、深い靴跡の上にあるように見えますね。勘違いでなければ、この靴跡の方が先に出来ていて、他のものはその後から出来たと云うことじゃないでしょうか？」

「そうなるだろうけど、それが何か意味のあることなんですか、敦子さん？」

「もしかしたら――迚(とて)も意味のあることじゃないかと思います。青木さん、この壙ですけど、細かく調べればまだ何か見付けられると思いますか？」

「何かって――」

「掘った道具が特定出来るとか、そう云うことです」

「鑑識を入れれば何か出るには出るでしょうけど、でもご覧の通り捜査員や何やらが踏み荒らしてますしね、壙の中も」

「私も荒らしました」

美由紀は手を挙げた。

「ポン菓子も食べたので溢れてます」

「そうですね。私達もどたばたしたし。そうすると――もう、これ以上ここを観察しても仕様がないのかな」

もう全部観たと云うことですかと問うと見落としは山のようにあると思うと敦子は答えた。

「具に観ればもっと発見はあるんだろうけど、それが欠けている部分を埋めるものになるかどうか。勿論、どんなことでも事実を補強するものにはなるんだろうけど」

全体の形を見極める方が先と云う気がすると云って、敦子は立ち上がった。

その後、秋葉登代の衣服が落ちていたと思しき辺りまで下ってみたのだが、大きな発見はなかった。

麓に到着したのはもう午後だった。

美由紀はその時点でかなり空腹だったのだけれど、新宿で誰かと待ち合わせをしているのでそこまで我慢しろと云われた。

移動中、敦子はずっと何かを考えているようだった。美由紀は主に青木とどうでもいい話をしていたのだが、美由紀が気にする以上に青木は敦子のことを気にしているようだった。

待ち合わせの場所と云うのは、再会と云う名前の喫茶店だった。

美由紀は喫茶店と云うものに入店したことが一度もなかったから、正直に云えば昂揚した。美弥子に連れて行かれた何とか云うパーラーに入った時より緊張した。銀座の高級店は現実と乖離し過ぎていて、文字通り現実感がなかったのだが、こちらは地続きである。

何処となく背徳感を感じてしまうのは校則で禁じられているからだろう。保護者同伴なので問題はないのだが、それでも大人びた気分にはなる。

と、云ってもテーブルも椅子もその辺の食堂と大差はない。

多少微暗いのが大人っぽさを感じさせる原因かもしれない。

待ち合わせの相手は、一番奥の席にいた。

「うへえ」

先に着いて待っていたと思しきその人は開口一番そう云った。どうやら一時間ばかり待たせてしまったらしい。テーブルの上には皿やらカップやらが載っている。

「こりゃまた両手に花じゃないですか。青木さん羨ましいなあ」

青木は苦笑した。

「随分遅れてしまった。申し訳ない」

「構いません。僕ァスパゲッティをガツガツ喰って珈琲をガツガツ飲んでた訳で、要はサボタージュですから問題ないです」

「ガツガツ飲むって――」

「いやあ、僕は口に入るもんは何でもガツガツ行くことに決めてるんですよ。あ、そちらが噂の呉美由紀さんですか」

「はあ」

大きな犬のような人だ。

「僕は女学生が決して接触してはならないいかがわしい業種のおじさんです。本当はお兄さんですが、まあ呉さんから見ればおじさんでしょうな」

鳥口さんよと敦子が云った。

「どうも。『月刊實錄犯罪』の鳥口守彦です。健全な少年少女は決して読んではいけない雑誌を偶に出しています。もう廃刊れそうですが」

「私――」

噂なんですかと尋くと、噂は主に益田君がしてますねと鳥口は云った。益田のことであるから何を云っているのか知れたものではない。どんな噂かと尋くと、概ね褒めてるのでご心配なくと鳥口は答えた。

「概ね、なんですね」

「概ねのことは、まあ概ねですね。あ、何か注文してください。僕はもうガツガツ行きましたから平気です」

スパゲッティと云うものを頼んだ。

ガツガツ食べられるものなのか、興味があったのである。注文品が届くまで、鳥口は美弥子の破談になった婚礼の話を面白可笑しくしてくれた。どうやら現場にいたらしい。榎木津と、そして金ちゃんがかなり大暴れをしたのだそうだ。でも最終的に駄目男をブッ飛ばしたのは、他ならぬ美弥子だったそうである。

「大したお嬢様ですなあ。京雛みたいな顔して、ボカン、ですわ。で――」

調べましたよと鳥口は云った。

「僕ァこちらの青木さんと違って、後ろ暗い業界が長いし、品行方正でもない訳ですね。従って、話半分に聞いて戴きたいですが。天津家の話ですね」

そうですと敦子は云う。

「まあ、あんまり褒められたことではないですが、興味本位の屑野郎と云うのは、この業界じゃあ思いの外多いもんでして、その、同性での色恋なんてのは、恰好の餌なんですわ。そこで、あることないことあっちこっちから根掘り葉掘り聞いて来る訳です。まあ、僕はそちら方面には極めて寛容で、だからナンだと思う訳ですけども、どうもね。連中は、あれ、どうなんですかね」

「どうって？」

「下世話に好きなんですか。それともそう云うのが許せないんですか。放っておけばいいんじゃないですかね。迷惑掛かる訳でもないのに。何故にそんなに知りたがるのか。でもってどうして過剰に反応すンですかね？」

自分と違うものが許せないと云うのはあるのかもしれませんねと敦子は云った。

「肯定してしまうと自分が否定されたように思うのじゃないでしょうか。勘違いですけどね。で、肯定しないまま無理矢理に自分の価値観に引き寄せるから、下世話な興味になっちゃうような気もします」

男は駄目ですなあと鳥口は云う。

性別関係ないですよと敦子は云う。

「私も、充分に理解はしているつもりですけど、全く蟠りがないのかと云えば、それはないと断言出来ないです。突き詰めて考えれば多少不安になりますよ」

敦子さんは真面目過ぎますなあと鳥口は云って、それから横に座っている青木をちらと見て、青木さんも真面目だからなあと続けた。

「僕が不真面目に見えちゃいますけど、錯覚ですよ呉さん。僕ァ至って凡庸、標準的ですからね。そんなこたァどうでもいいんですけども。それで、天津さんですね。天津家の先先先代ってのは薩摩藩士で」

「先代じゃなくて、先先代でもないんですね？」

「そうです。亡くなった天津敏子さんのお祖父さんの、お祖父さんです。曽曽祖父さんです。これが、武士と云ってもそんなに偉かった訳でもないようで、でも下級って程でもないと云う、半端な身分で。もう少し偉ければ政治家にでもなってたんでしょうが、そこまでじゃないですな。この先先先代は明治維新の頃に丁度二十代半ばの軽輩だった訳です。つまり身分も半端なら年齢も半端」

「半端ですかね」

「そうでしょう。西郷さんだってご一新の時は四十くらいでしょ。勤王の志士とかって、まあその当時三十代くらいじゃないんですか。と、云う訳で、ご一新の際にも大して活躍はしてないんですけども、一応官軍ですわ。幕藩体制が瓦解してからも、まあ功績はないものの自尊心だけは高いてえタイプで、そういう厄介なお父っつあんに育てられたのが、文久元年生まれの先先代。これが、日清日露戦争で活躍した軍人なんですな。活躍したと云っても兵隊ですわ、兵隊。乃木将軍なんかたぁ格が違う訳ですが。で、その元武士に育てられた軍人に育てられたのが、先代――亡くなられた敏子さんの、お祖父さんと云う訳ですな。これが御齢七十歳のご高齢。明治十七年生まれです」

「そうか。お祖父さんが武士、って訳じゃないんですか」

云ってから何と云う馬鹿な発言だろうと美由紀は思った。美弥子の話を聞いていた所為で、武士が生き残っているような錯覚をしていたのだ。美弥子は武士は駄目だ武士は駄目だと繰り返していたのである。

「いやあ、武士は――ほぼ死に絶えてると思いますけどねえ。ただ、まあ武士に育てられた軍人に育てられた人、武士擬きですかな。それが、そのお祖父さんですな。天津宗右衛門と云う方だそうで」

「武士擬き——ですか」

青木が厭そうな顔をした。

「その人も軍人なんですか」

違いますと鳥口は即座に否定した。

「どちらかと云えば、小振りな政商——と云ったところですかね。軍需で儲けた口ですかなあ。中央とは癒着してなかったようですが、藩閥を利用してあちこち小口で稼いだんでしょうかね。まあ、親子二代でそんな感じですよ。戦後は土建業で儲けたんですわ。復興の波に乗ったつうことで。息子の方——敏子さんのお父さんですね、この藤蔵さんと云う人は、だからまあ土建屋ですね」

と、云うのがバックボーンですと鳥口は云った。

「で、まあ敏子さんですが、これは天津家数代目にして初めて生まれた女の子で。藤蔵さんは大いに可愛がった」

「父娘の関係は良くなかったと聞きましたが」

敦子が問うと、いやいやいやと鳥口は手を振った。

「そりゃ最近のことでしょうな。もう猫っ可愛がりだったようですよ、お父っつあんは。ずっと。まあ、最近はいけなかったようですがね」

「ええと、お祖父さんは？」

「そっちは最初っから、微妙です」

「微妙？」

どう云うことですかと青木が問う。

「まあ孫ですからね。可愛くないなんてこたあないんでしょうが、要は女じゃ嫡子とならんと云うことですよ」

はあ、と青木は溜め息を吐いた。

「なもんで、藤蔵さんの奥さん——敏子さんのお母さんですが、これ、もう朝から晩まで跡取りを産め、男を産めと責め立てられてたようですな。宗右衛門さんに。でもこればっかりはねえ、授かりもんですからそう上手くはいかんでしょ。そうこうしてるうちに第二子をご懐妊した訳ですが、これが不幸なことに死産、奥さんも亡くなってしまったんですよ」

「まあ」

「宗右衛門さんはですな、嫁さんの葬式上げる前から後添えを貰えと云い出したらしい。その辺、かなりその、蒸気が出てる」

「常軌を逸してる、と云うことですか？」

「敦子さんは呑み込みが早いので助かりますな。まあ実際頭から蒸気出てた気もしますけどね。まあ、兎に角この爺様の評判と云うのは頭が堅い古臭い、厳格だ、聞こえて来るのはそう云う話ばっかりですよ。世代の所為にはしたくないですけど、どうしてまあ、こうなんでしょうなあ」

「それで後妻は貰ったんですか」

「それが、藤蔵さんは厳格な爺様の命令を拒否したんです。こりゃあ珍しいことだったようですね。子供の頃から絶対服従と云う感じだったようですから、余程のことがあったんでしょう。それ以降、ずっと寡夫(やもめ)です。でまあ相当悶着はあったようなんですけどね、こうなったらもう、婿養子ですね。婿養子。もう爺さんホントに頭から湯気出して婿養子選びですよ。敏子さんがまだ六つくらいの時分から、縁談縁談また縁談——」

「六つって」

「相手も八つ、とかなんでしょうかね。こりゃあまあ、何と云いますかねえ、どう上手く纏まったって、本人無視です。親が決めた許婚(いいなずけ)って——僕なんかは古臭く感じますけど、どうなんでしょうなあ」

未(ま)だ未だあるようですけどね、と青木は云った。

「昨今じゃ見合いまで前時代的だと云う人がいるようですけどね、見合いの場合は決定権は当人同士にあるんだから、まだ民主的でしょう。意に沿わなければ断れるんだから」

「何度か断った口ですな、青木さんは。まあそう云う家庭環境で、敏子さんは育てられたと云う、これがこれまでの経緯」

で、と云った後、鳥口は呉さんまだ食べますかと尋いた。

「え？」

「この店、実はショートケーキがあるんですわ」

「それ」

鳥口さんが食べたいのでしょうと敦子が云う。バレましたねえと云って鳥口は食べましょうよと美由紀に云った。

「どんなものか知らないですよ」

「まあここはおじさんの奢りです。それから呉さん、口の周りにケチャップのようなものが付いていますね」

慌てて手で拭おうとして、ハッと気付いて半巾（ハンケチ）を探したが、その前に敦子が紙のナプキンを呉れた。

「これからが現在の話です。敏子さんはどうやら進学を希望していたらしいんですがね、そんなですからね。勿論却下。お茶やらお華やら、所謂花嫁修業をさせられていたんですよ。花嫁ってのは修業しないとなれないもんなんですかね？　修業って印度の坊さんとか剣豪とか、そう云うもんすか花嫁さんてなァ」

花婿修業ってのは聞きませんからその時点で不公平ですなと鳥口は云った。

「僕は多少は不謹慎ですが、こう云う偏った世の中は必ず崩れると思いますわ。そう思います。女性の社会進出はどんどん増えるでしょうし、ならおさんどんは男もすべきです。そう思いませんか青木さん」

「僕ですか。いや、それは正論だと思うけど——中中そうはならないと云う予感もします。武士擬きはしぶといですよ」

しぶといんですと鳥口は云った。

「敏子さんとお相手の葛城さんが知り合ったのは華道のお教室らしいです。ご存じでしょうが、葛城さんってのは信用金庫にお勤めの、ＢＧですな。敏子さんは職業婦人に強く憧れていたようで、まあそのあたりを契機に親しくなった訳ですが——」

鳥口はそこで美由紀を見た。

「ええと。まあその、親しくなり過ぎた訳ですよ。うーん」

「どうしたんです？」

「言葉を選んでます。これは、性別やなんかは関係ない煩悶でですね、未成年の前ですから、まあ同業の連中の表現は相当えげつないもんで――」

気にしないでくださいと云ったのだがそうも行きませんと云われた。

「あ、まあその、そうだ。心も体も強く引き寄せ合ったと云いますか」

「お二人の関係に就いてはある程度諒解していますから、詳しく説明しなくても結構ですよ」

助かりますと云って鳥口は狭い額を拭った。

どうやら鼻が尖っているから犬っぽく見えるのだと美由紀は気付いた。

そして美由紀は是枝美智栄を思い出した。

彼女も、ワンちゃんと呼ばれていたのだ。

「で、まあそう云う間柄になって、丁度二年くらい――ですね。最初の一年は仲の良いお友達程度で。でもって、そこで爺さんですよ。養子縁組みの件ですわ。これもう十五年くらい執拗に云ってる訳ですが、どうも上手く運ばない。敏子さんも二十歳を過ぎてますから、もう後はない。って、全然平気だと思うんですが、昔風に考えりゃこれはもう年増なんですわ」

なら私は大年増ですよと敦子が云う。

「いや、そりゃ、ですからそうじゃないって話してます。ほら、江戸時代なんかだともう十二三歳で嫁に出されたりしてた訳でしょう、武家は。その感覚なんです。時代錯誤と云いますかねえ」

それは慥かに武士擬きだねえと、青木が云った。

「警察にもその手の人はいますけどね。告白するなら、苦手ですよ。軍隊時代を思い出します」

「青木さんは海軍でしょ。僕ァ歩兵ですからね。歩いた記憶と、壙掘った記憶しかないです。まあ、それでですね、爺さんが縁談を強要するんですが、敏子さんにしてみりゃそんなもんは受け入れられません。娟娶れ厭ですの押し問答の結果、まあ敏子さんは疲れ果ててお父さんの藤蔵さんに告白した訳です。好きな人がいる、と」

「藤蔵さんに？」

「そのようですな。ま、周辺からの聞き込みの又聞きですから話半分ですよ。で、自由恋愛でもこりゃ相手次第で問題はないとお父っつあんは判断した。佳い人かもしれんでしょうに。それでですな、まあ場合に依っては爺さんに話してやるから相手を教えろと——まあこの辺はそれ程珍しい展開ではないです。しかしですな、その」

「その相手は同性だった——と云うことですか」

そうなんですよと鳥口は眉毛を八の字にした。

「まあ、驚きますかね。一般的には」

「現状、すんなり受け入れる人の方が少ないでしょうね」

「受け入れないとしても、吃驚(びっくり)するとか困惑するとか、説得するとか、まあ喧嘩くらいはするかもですがね。そんなもんですよね、一般は。どうしても受け入れられない場合は、まあ断絶するようなこともあるかもしれんですが。精精、勘当したり家出したりする程度ですわ。天津家の場合は、お父っつあんはまあその程度だったんですがね、爺様は違った」

「違うって？」

「そんな不届き者は成敗する——です」

「成敗？」

「ですからそのまんま成敗ですよ。日本刀持って追い掛け回される敏子さんを何人もが目撃してます。ま、理由は知らなかったようですが、爺さんは本気だったと皆さん云ってるようですね」

「それは云うことを聞け、云う通りに結婚しろと云う脅しなんですか？」

「いや、もうそう云う段階は終わってたようですね。だから、脅してるとか怒ってるとか云うより、人として認めない、だからブッ殺すと云う感じですね」

「殺す？　孫娘をですか？」

「はい。本当に殺そうとしてたようですよ」

「本気でですか？」

敦子も信じられないようだった。

そんなことは――あるだろうか。

自分と考え方が違うから認めない、認められないから殺してやる――そんな馬鹿な話はない。それでは美弥子の云っていた偽物の天狗だ。理解するための努力もしないし、理解して貰おうともしない。考え直すことも一切しない。

いや。

考え方ではないのか。

生き方なのか。存在――と云うことか。

「宥めても宥めても、沸沸と沸き上がるんですね、怒りが。爺さんに。どんな理屈か道徳か知らんですけど、実の孫がそんなに憎いですかね。いや、憎めますかねえ。と云うか、祖父にそこまで憎まれたんじゃ、かなり傷付きますよ」

「それは――そうね」

敦子は顎に人差し指を当てた。

「天津さんはそれで自殺をした――と云うことなんですか？」

そう思いますと鳥口は云った。

「悲恋の末とか、昭和女心中とか、そんな記事もありますけどね。違いますよ。肉親からそこまでされたら、どうですか」

美由紀は考える。

美由紀にも祖父はいる。美由紀は祖父が大好きだ。

その大好きな祖父が、美由紀を嫌ったとしたらどうか。

いや、ただ嫌うだけではなく、殺そうとしたりしたなら。

そんなのは――厭だ。

考えただけで胸が詰まる。

でも、だからと云って美由紀は自分で死のうなどと考えるだろうか。そこは今一つ判らない。勿論、生きていられない程に辛いことと云うのはあるのだろうし、そう云う境遇の人に対して、何も死ぬことはないだろうなどと云う薄っぺらい言葉を吐いたところで届く訳はないだろうくらいのことは、予想出来るのだけれど。

　それでも、美由紀は今のところ自ら死を選ぶ人の気持ちが、能く判らない。

　美由紀が子供だからかもしれないし、そこまで熾烈な境遇になったことがないからかもしれないのだけれども。いや、美由紀は、年齢の割にはかなり過酷な体験をしている訳で、要するに単に楽天的な性格だと云うことなのかもしれないけれど。

　これはねえ、と鳥口は続けた。

「ただ肉親に疎まれて辛いてえだけじゃないですな。まあ、それでもってそのまま殺されちゃったりしたら、爺さんは殺人犯ですわね。それこそ家名に傷が付くことになるでしょう。なら、そうなる前に死んでしまおう、いや、祖父のような立派な人があんなになるくらいなんだから、こりゃ自分がおかしいのだろう、そんな自分は消えてしまった方が良いと――まあ、そう云う感じだったんじゃないかと、こりゃまあ、多少は僕の推測が雑じってますが。寧ろ、恋人を失って悲嘆に暮れたのは、葛城さんの方じゃないかと思う訳で――」

「天津宗右衛門さんは、本当に殺意を持っていたんだと、鳥口さんは思いますか」

　敦子はそう尋いた。

「思いますね」

「真実、敏子さんを殺害しようとしていたんですね」

「そうだと思いますな。正直に云いますと、狂気の域に達していたと――これはご近所の人や何かに聞いたんですが。手加減してる様子もないし、お仕置きだお説教だと云う様子でもない。死ね、死んでしまえ、殺してやると云って、だんびら振り回すえんですから、冗談じゃないですよ。実際、止めに入った若い衆が二三人怪我してるようですからね」

「若い衆――と云う感じの人達がいるんですか？」

土建屋ですからねと鳥口は云った。

敦子の表情は山にいた時よりも硬くなっている。

美由紀は折角のケーキの味も全く判らなかった。

6

「高慢な仰りようですわね――」

美弥子は怯まない。

毅然とすると云うのはこうした態度のことなのだろうなと美由紀は思う。

一方、敦子は少し離れて黙している。成り行きを観察しているのだろう。極めて沈着冷静に。

美由紀だけが中途半端な立ち位置である。

天津家の大広間――なのだろう。床の間には鎧だか兜だかが飾られていて、その前に禿頭で鷲鼻の老人が座っている。和装で姿勢が良い。でも、それはそうだと云うだけで、座っているのは鬼でも蛇でもない、至って普通の老人である。

凡そ実の孫を殺そうとするような人物には見えない。

「何だその口の利き方は」

　老人は、ごく普通の口調でそう云った。

「わたくし、平素から口の利き方には気を付けているつもりでおりましたが、何か非礼なもの謂いでしたでしょうか？」

「小生意気な」

　老人は矢張り押さえた口調でそう云った。

「身の程知らずとはこのことだ。女の分際で男と対等に口が利けるなどと思う、その時点でもの知らずの恥知らずだろう」

「対等でないと云う理由をお伺いしたいですわね」

「理由だ？　莫迦らしい。そんなものはない。要らん。そんな当たり前のことも判らんのか」

「理由のない決まりごとはこの世にはございませんわ」

　浅はかなことをと、老人は吐き捨てるように云った。

「犬が犬であることに何か理由があるか。犬に生まれ付いたものは何の理由もなく犬だわ。それと同じことだ」

「女は生まれ付き卑しい、とでも仰せですか」

「くだらんことを尋くなッ」

老人は漸く語調を強めた。

「女は女だろうが。己が何のためにいるのか考えてみろ。何が出来るか考えてみろ」

何でも出来ましてよと美弥子は云った。

「自惚れるな。女に出来ることはただ一つ、子を産むことだ。それ以外、お前達なんぞに何の意味があるか。それとも何か、子守だの飯炊きだの自慢しよるか。そんなもんは使用人がおれば済むことだわ」

「な——」

美弥子は絶句したようだった。老人は見下す。

「子も産まず、男を守り立て家を護ることすらろくに出来んようなもんに、生きる価値などなかろう。違うか」

「年長者と思えばこそ言葉を慎んでおりましたが、もう我慢がなりませんわ。貴方こそ——」

「黙れ黙れ。黙らんか。耳が腐るわ。帰れ帰れ。代議士の紹介と云うから時間を取ったが——女子供の戯言に付き合っておる暇などない。代議士と云っても、どうせ成り上がりの町人風情であろうしな。とんだ」

時間の無駄であったわと老人は手許の鈴を振ろうとした。

「お待ちください」

何か云おうとする美弥子を押さえるようにして、敦子が発言した。

「私共はそうしたお話をしに参った訳ではありません。仰せの通り、女子供ではございますが、ことはこの天津家の家名に関わることでございます。ご不快でしょうが少しばかりのお時間を戴けませんか」

「家名？」

ふん、と老人は鼻を鳴らした。

「そんなものは既に地に落ちておるわ。女同士で連み合うような恥知らずが家系から出たと云うだけでな。都合良く死んでくれたからいいようなものの――」

「貴方ね」

「篠村さん」

敦子が首を微かに振って制する。美弥子は何かを腹一杯に呑み込んだ。

敏子さんが亡くなって御前はどう思われましたかと敦子は問うた。老人は眼を細めて、吐き捨てるように云う。

「あんな畜生は死んで当然だ。それこそ家名に泥を塗りおって」

「何故――泥は塗られたのでしょう」

「何だと？　莫迦か貴様は。何度も云わせるな。それは――」

そうではないのですと敦子は云う。

「御前が同性の恋愛を好ましく思われていらっしゃらないことは、私共も充分承知しています」

「わ、儂が思うておる？　莫迦も休み休み云え、この愚か者。儂がどう思うかなど関係ないわ。それは乾坤の間の理、人の世の常識ではないか。何だ？　女同士で情を交わすだと？　汚らしい。そんな愚劣なものは看過すること適わんわ。そう云う、理に反し常識から外れた連中を亡国の徒と云うのだ。違うかッ」

老人は正面を向いて云う。

敦子は美弥子を牽制するかのように斜め後ろから云う。

「御前のお考えは承りました。私は軽輩ですし勉強不足ですから、そのご意見が自然科学的に、或いは社会学的に正しいのかどうか、人の理であり世の常識であるのか否かを、この場で判断することが出来ません」

「そんな当たり前のことも判らんのか。なら話すことなどない。どうせ聞くに堪えぬ妄言を垂れるのであろう。そんなものは聞くだけ無駄だ。身が穢れる。帰れ」

　お耳汚しは承知の上ですと敦子は云った。

「お怒りを買うだろうことも覚悟しております。とは云うものの、私はこの場で御前のお考えに異を唱えるつもりはございません。私共はそのようなことをしに参ったのではないのです。御前の仰る通り、敏子さんが理に反し常識から外れた亡国の徒であるならば、そうだとして――そうであるなら」

　それは隠されるべきこととなるのではないですかと敦子は云った。

「少なくとも御前のお立場、誇り高き天津家の家名を考慮するならば、第三者に対して喧伝すべきような事柄ではない、と愚考致します。それが――世間に知れ渡ってしまったのは何故ですか、とお伺いしております」

「何？」

「いずれにしても裡裡のことではありませんか？　他人が知り得るようなことではございません。ご当人である敏子さんもお亡くなりになっているのですから、敢えて公言しない限り広まることもなかったでしょう。心なき者からの故人への中傷を防ぐためにも、秘すべきことであったかと」

「そんなことは」

　云われいでも解っておると老人は辱辱しげに云う。

「それは、あの下劣で口祥のない下賤な連中が喧伝しよったからだ。雑誌だの何だのに書き散らしよっただろう」

「その下劣で口祥のない連中は、何故そのことを嗅ぎ付けたのでしょうか」

「そんなもの――」

　誰が漏らしたのですかと敦子は問う。

「漏らすも漏らさんもないわ。他人の不幸で飯を喰うておるような族だろう。鵜の目鷹の目で探し回り、嗅ぎ付けて来よるのだ。ああ云う底辺の連中は火のない処にでも煙を立てるものだわ」

「火がないのならば消す必要もありませんが、火種はあったのです。広がる前に揉み消すことは可能だった筈です。何しろ相手は下衆の――底辺ですから」

「そうかもしれんが――何が云いたい」

「何故に手を打たれなかったのかと。こちらのご当主は警察にまで釘を打たれています。お相手の葛城さんにも監視を付けていたもの――と思われます。そこまでされていたのならば、そんな、下賤な雑誌記者如きが付け入る隙などはなかったのではないですか。それなのに――内情が漏れ過ぎています。仮令何かを探り当てて来たのだとしても、脅すなり賺すなり、黙らせる方法は幾らでもあったものと考えますが」

　そんなことは連中に尋け——と、老人は云った。

「尋きました」

「何だと？」

「尋いたのです。それで——ご注進に参りました」

「あ？」

　老人が、ほんの少しだけ動揺したように美由紀には見えた。敦子はその様子を凝乎と見据えている。

　何かを計っているのか。

「ご興味がないようでしたら引き揚げますが——今後も禍根を遺すことになるかと思いましたもので、篠村代議士まで煩わせて罷り越した次第ですが——女の分際で出過ぎた真似を致しました」

　申し訳ございませんと敦子は深く頭を下げた。

　一緒に礼をすべきかなと思ったのだが、美弥子が微塵も動かなかったので、美由紀は少し体を揺らしただけだった。

　老人は明後日の方向に顔を向けている。

「それでは失礼します」

「禍根とは何だ」

敦子が腰を浮かせると、老人は漸く問いを発した。

敦子は止まった。

「はい。しかし——申し上げ難いことですし、ご不快に思われるかと」

「云っていい。云え」

敦子は少し矯めた。

「雑誌記者にお孫さんの——敏子さんのことを密告したのは——お身内の方です」

「何だと？　莫迦も休み休み云え。そんな寝言は到底信じられんわ。当家を愚弄する気なら——承知せんぞッ」

老人は身構えた。

「愚弄するつもりはございません。しかし複数の者から耳に致しましたものでございますから、捨ててもおけぬかと——ご気分を害されたのならお詫び致します」

「そ、そうではない。い、一体、誰だと云うのだ」

「秘密を知る者は限られている筈です」

「いいえ——」

それは大勢いるのではなくって敦子さんと美弥子が云った。

「こちらのご立派なご仁は、老骨に鞭打たれ凶器を手にされて、実の孫娘を追い掛け回されたと聞いていますわ。ならご近所中に知れ渡っているのではなくて？」

それは違いますと敦子は云う。

「御前のそうした行動そのものは周知のことだったかもしれませんが、御前が何故敏子さんを害されようとされていたのかを知っていた人は、ご近所の方と雖も誰もいなかった筈です。理由が知れ渡ってしまったのは――どうやら報道された後のことなんです。そうではありませんか？」

「先程、己で云うておったではないか。誰であろうと身内の恥を公言するようなことはせんわ。ただ、あ、あのような恥曝しを生かしておく訳にはいかん。それ故、成敗しようとしたまで。世間に恥を曝す前に始末するつもりであったのだ。叶わなかったがな。だからと云って、そんな内実を云い触らしてどうするかッ」

「貴方――」

本気でお孫さんを殺害されるおつもりでしたのと美弥子が問うた。

「何だと？　本気も何もあるか莫迦者。こともあろうに女同士での邪恋など、穢らわしいにも程がある。とんだ戯け者だわ。我が血統から、断じてそんなものを出す訳にはいかん。殺す以外にないわッ」

汚い穢いきたないと老人は反復した。

「あ、跡取りも産めん。破廉恥な、役立たずめがッ」

畳を叩く。

手許の鈴が転げた。

老人は刹那、鈴が転げた方を見た。

敦子が転げた鈴を止めた。老人は何故かやや狼狽の色を浮かべて、視軸を中空に漂わせた。

「な、何だ。そのッ」

貴様等もそうなのかッ——と、老人は怒鳴った。

美弥子が何か云う前に、敦子がお静まりくださいと静かに云った。

「先ずは——この天津家に仇為す者が誰なのかを特定すべきではありませんか。敏子さんは既に——亡くなられているのですから」

「し、死んだわ。死んで当然じゃ」

「それでは、この天津家に——いいえ、御前に対して私怨を持つ者は、おりませんでしょうか」

「私怨だ？　そんな者は掃いて捨てる程おるわ」

「お心当たりがございますか」

「貴様等女と違ってな、男には敵がおるんだ。外に一歩出れば敵だらけだ。儂に負けた者は皆、儂を恨んでおるだろう」

「外ではなく——お身内に、です」

「身内だと？」

「逆恨みと云うこともございます」

「フン。そんな者は——」

「御前が敏子さんをお手討ちになさろうとした時に、止めた者がいる筈ですが。そうでなければ、御前はその手で——敏子さんの息の根を留めていらした筈です」

「敦子さん」

　美弥子は怪訝な顔を敦子に向ける。

「そうだ。まあ、若い者が止めに入ったのだ。普段は血の気が多い連中だが、事情を知らなんだのだろう」

「なる程。御前がお怒りになっている理由を知っていれば——止めなかった、と云うことでしょうか」

　当たり前だと老人は云う。

「そんな恥曝しを生かしておこうと思う訳がなかろう。まともな人間ならな」

「そうですか。それなら、矢張り、間違いはありませんね」

「何が──だ」

「そうならば、密告者は一人しかいないではありませんか」

「何だと？」

老人は右手で畳の上を弄った。

「ご当主の──藤蔵さんです」

「はッ」

老人は破顔した。

「何を巫山戯たことを」

「巫山戯てはおりません。私はどうにも不審に思いましたので、複数の雑誌編集者に確認を取ってみました。先ず前日、数社に宛て電話で事件の予告があったのだそうです。半信半疑で行ってみると予告通りに騒動が起きていた。自殺者の身許に関しては現場で頬被りをした初老の男性から耳打ちされた──と証言しました」

「頬被り？」

それは──何処かで聞いた気がする。

「それが藤蔵だと云うのか」

「確証はないようですが、その後取材を進めるに当たり、談話の申込みをけんもほろろに断った藤蔵さんと、その情報提供者は迚も能く似ていたんだそうです。同じ人ではないかと複数が怪しんでいました」

　有り得んことだと老人は云う。

「ええ。ですから藤蔵さんを装った何者かである可能性もあるかと考えましたが、どうもそれは——ないようですね」

「だ、だからと云って藤蔵である訳がない。大体、藤蔵がそんなことをして何の得があるか。貴様等、妙な難癖を付けて、金でもせびる気か」

　違いますと敦子は大きな声で云った。

「これは、この天津家だけの問題ではないかもしれないのです。そして、場合に拠ってはこの天津家の家名は——より一層の汚泥に塗れ兼ねないと申し上げています。ですから確認させて戴きたいのです。だからこそ、ご当主藤蔵様ではなく、ご隠居様にお目通りを願ったのではありませんか。お解りいただけませんでしょうか」

「そんなことは」

　矢庭に信じられるか莫迦者——と、老人は語尾を曖昧にして云った。

「私達も俄には信じられないからこそご確認に伺ったのです。あり得ぬことであればこそ、真実ならば大きな問題です。如何でしょう。御前は敏子さんが命を絶たれる前後の、藤蔵さんの動向を把握していらっしゃいますか？」

「何だと？　ぶ」

「無礼を承知で伺っています」

「そんなことはだな、貴様等などに」

「ご存じなのにお教え戴けないとなれば司直に委ねるしか手はありませんね。私達は直ぐにも引き揚げ、警察に通報せざるを得なくなりますが」

「警察だと？」

老人は二度三度周囲を見回すように首を振った。

「な、何で警察が――何の罪だ。罪があるなら敏子だ。あの破廉恥な天津家の面汚しだ。その敏子はもう死んだわ」

「敏子さんに罪はありません。私達が告発するのは藤蔵さんです」

「ふ、藤蔵が何をしたと云うのだ。縦んばその、身内の恥を下賤な者共に教えたのが藤蔵だったとしても、だ。そんなものは罪でも何でもないわ。本当ならば気が違っていたとしか思えぬがな――」

「どうしてもご協力戴けませんか」

「当たり前だッ。女の分際で偉そうなことを吐かすな。ぐ、愚劣な女子供の妄想に付き合ってなどいられるものか。くだらん」

「そうですか」

敦子は一度深深と礼をして、それから立ち上がった。

「それでは致し方ありません。私はこれから警視庁に行って、天津藤蔵さんを殺人罪で告発します」

「何？」

「敦子さん！」

美弥子が見上げた。美由紀も言葉が出なかった。

「敦子さん、殺人って――」

「殺人は殺人です篠村さん。こちらの御前からもう少し詳しくお話を伺えたなら、もしやその考えも改められるかとも思いましたが、そうも行かないようです。所詮は女の浅知恵とお考えのようですから。でもことは殺人事件ですから、それこそ看過することは出来ません。如何なる文化、如何なる社会に於ても、殺人が重い罪であることは乾坤の間の理。人の世の常識です。警察は必ず話を聞いてくれる筈です」

「な、何をほざくかッ。と、敏子は自殺したのだ。我と我が身の不明を恥じたか、畜生としての性(さが)を全(まっと)うしようとしたのかまでは知らぬが、自ら首(くび)を縊りおったのだ。あれは、あの首吊りは――自殺ではなかったとでも云うのか。藤蔵が殺したとでも云うのかッ」

「はい」

「な、何を根拠に――」

「証拠は捜せば幾らでも出て来ると思います。今は――何もありませんけれど」

「はあ？」

「警察は現状事件性を認識していませんから、何も調べていないんです。しかし調べれば――証拠は次次に出て来るものと思われます」

「そ、そんな都合の良い――」

「別に都合は良くないですよ。寧(むし)ろ、悪いんです。だからこそ急ぐ必要があると考えています。時間が経てば確認出来る物的証拠は減って行くでしょうし、場合に拠っては証拠を隠滅されてしまう虞(おそれ)さえありますので――」

「いや、いや騙(だま)されはせんぞ。そうだとしても、だ。もし、藤蔵が敏子を殺したのだとしても、だ。それは構わん」

「構わんって――」

　美弥子が眉根を寄せた。

「――貴方、ご自身で何を仰っているのか解っておられますか？　貴方のご子息が実の娘さんを殺害したと云う話をしているんですよ、この中禅寺さんは」

「だからだ。何度も云っているだろう。あんな恥曝しは殺していい。儂が殺すつもりだったのだ。親である儂の身を案じ、子の不明を恥じて、儂の代わりに殺してくれたのだろうよ。殺すべきものを殺したのだ。褒めたいくらいだわ」

「あ、貴方ねえ」

　立ち上がろうとする美弥子の肩を敦子が押さえた。

「どんな屑でも殺せば罪だ。だから色色と考えたのだろうな、藤蔵は。上手くやったではないか。しかし天津家の男として小細工は感心せん。本当にそうなら、正正堂堂成敗すべきであったのだ。儂は罪に問われることなど畏れはせなんだ。仮令投獄されようとも為すべき大義に変わりはないのだ。そうしておれば、貴様等のような女子供にこんな――」

「違いますよ」

「何が」

違いますよ御前、と敦子は云った。

「何が違う。何も違わん。女同士で」

「そうじゃないんです。藤蔵さんが殺害したのは、敏子さんじゃないんです」

「何だと？　じゃあ、敏子を誑かしたあの淫乱女か？　何処ぞの山奥で腐って死んでおったとか云う話だが――」

「な」

何と云う酷いもの謂いなの、と美弥子が憤った。

「じゃあ何か。藤蔵はあの女を殺したのか。慥かに、敏子もあの女とさえ知り合わなければ、あんな畜生道に堕ちることもなかったわな。ならば仇だ。だからその仕返しか。そうか。それならそれで――」

「だから違うんです」

敦子は老人の前に進んだ。

「御前――いや、宗右衛門さん。貴方は大きな勘違いをされています」

「何のことだ。儂は」

「いいですか。藤蔵さんが殺したのは敏子さんでもないし、葛城コウさんでもないんですよ。彼が殺したのは――」

敦子はそこで言葉を切って、一度美弥子の方を見た。

迚も、悲しそうな目だった。

「藤蔵さんが殺したのは、何の関係もない二人の女性です」

「何の関係もないだと？」

「一人は――」

是枝美智栄さんですと敦子は云った。

「敦子さん！」

美弥子は眼を見開いた。

「敦子さん、貴女――」

「残念ですが、どうやらそれが真相のようです。篠村さん――」

「そう――ですか」

予想されてはいたことなのである。しかも何度も、何度も。

ただ断定されることはなかった。

美弥子は、眼を閉じて、俯いた。

老人は眉間に深く皺を刻んだ。

「だ、誰だって」

「是枝美智栄さんです。そしてもう一人は、秋葉登代さんです」

「それは誰だ」

「是枝さんは登山が趣味の、この篠村さんのお友達です。秋葉さんは子供達に人気があった小学校の先生です」

「そ、そんな女は知らん」

「どちらも当家とは全く無関係の——赤の他人ですから」

「そんな者を何故殺す。どうせ、くだらん女なのだろう」

ばん、と大きな音がした。

美弥子が畳を叩いたのだ。

これ以上侮蔑すると承知しませんよと美弥子は大声を出した。

「是枝美智栄はくだらない女などではありません。前途ある、明るい——わたくしの友人ですッ」

「友人だ？　ど、どうせ女同士で」

そこで異質な音がした。

老人は言葉を止めた。敦子が手許の鈴を鳴らしたのだ。

眸（ひとみ）が泳ぐ。猛猛（たけだけ）しい言葉と裏腹に、その濁った眼には不安の影が見えた。

そのくらいでお止めになった方がいいですよ御前、と敦子は静かに云った。

「我慢するにも限度と云うものがあります」

「う、煩瑣いッ。そんな見も知らぬ女を何故藤蔵が殺さねばならん！」

「勿論、替え玉にするためです。敏子さんと、コウさんの」

「替え玉ですって？」

美弥子は再び敦子に顔を向けた。

「ええ。そう考える以外に、解答はないように思います。一つお伺いしますが、御前は敏子さんのご遺体をちゃんと観ていないのではありませんでしょうか」

そんなもの見るか穢らわしいと老人は吐き捨てるように云った。

「女同士で乳繰り合うような畜生は身内とは思わん。天津家の家名を穢すだけの外道など打ち捨てられて当然だ。葬式も上げなんだし、天津の墓にも入れておらんわ。無縁仏だ」

「え？」

じゃあ。

美由紀は漸く敦子の云っていることを理解した。その遺体は――。

首を吊ったのは。

「その無縁仏は、是枝美智栄さんです」

「何を——莫迦なことを」

「本当に莫迦なことなんです。でも、御前はちゃんとご覧になっていらっしゃらないのですよね、実のお孫さんのご遺体なのに。御前が、もっときちんと観られていたなら——当然お気付きになっていた筈です。しかしご覧になることはないと藤蔵さんは見越していたのだと思います。しかしご覧にならなくても疑われる可能性はある。藤蔵さんが雑誌記者や新聞社に同性愛者の心中めいた噂を流したのは、繰り返し報道して貰うためでしょう。御前に——それが敏子さんだったのだと信じさせるために」

「そ、そんな——いいや、あれは敏子だ」

「ご覧になっていないのでしょう？」

「見ずとも判る。そんな荒唐無稽な」

「見なければ判りませんよ。ご覧になっていたとしても——判らなかったかもしれませんけれども」

かなりお眼がお悪いですよねと敦子は云う。老人は顔を背ける。

「お見受けしたところ、視力がかなりお弱いのではありませんか。先程からの反応を観させて戴く限り——殆ど見えていらっしゃらないように思いますが」

「関係ないッ。関係ないわい」

「そうでしょうか。御前は示現流を修めていらっしゃると聞き及びました。かなりの達人だったと皆さん仰っています。それなのに、何故に敏子さんを斬り殺せなかったのでしょう。私は、流石に本気ではなかったのか、或いは肉親の情が妨げになったのかと想像していたのですが、どうも本気で殺害しようとされていたようですね」

「そうだ。本気だッ」

「それなら殺せない筈はないです。それなのに御前は、そこに居合わせたり、止めに入られた若い衆を四人も傷付けていらっしゃる。要するに――斬り損ねたと云うことですよね」

黙れッと老人は畳を打った。

「防ぐために間に入った人を斬ると云うなら兎も角、居合わせただけの人にも斬り付けていらっしゃるじゃないですか。しかもいずれも傷は浅い。邪魔されたから斬ったと云う傷じゃないのですよ。本当は能く見えていないのに闇雲に斬った――と云うことなんじゃないのですか？」

「な、ならば何だ」

「ですから――」

敏子さんは生きている筈ですと、敦子は云った。

「敏子が？　生きておるだと？」

「はい」

「嘘だッ！」

その途端、背後の襖が乱暴に開いた。

振り向くと、開襟姿の男が一人立っていた。

やや薄くなった髪を乱し、両眼は血走っている。

「嘘を云うんじゃないッ。死んでいる。敏子は死んだ。だって死んだでしょう、親父殿。そんな何処の馬の骨とも知れぬ下賤な女共の話す戯れ言に耳を貸してはなりませぬぞ。敏子は死んでいたではないですか。山の中で首吊って死んだんですよ。もう焼いてしまった。焼いたんですよ、火葬場で。そんな見ず知らずの女じゃない。こんな女の――」

敦子に近寄ろうとする男――多分、藤蔵の前に美弥子が立ちはだかった。美弥子は藤蔵の顔を覗き込むようにし、それから顎を上げた。

「何だ。どけ、女」

「どきませんわ。藤蔵さんですわね。貴方が――美智栄さんを殺したのですか」

「何だと」

「待ってください篠村さん」

敦子は美弥子を諌めるようにした。

美由紀はただ座ったまま眺めるだけだ。

まだ殆ど呑み込めていないからである。

「藤蔵さん。貴方は——相当お父上を恐れていらっしゃるようですね」

「何？」

「お父上がどうしても敏子さんを殺すと仰るから——貴方はそれを防ぐためにこんな茶番劇をお続けになっているのではありませんか」

「敏子は死んだ」

「死んでいませんよね？　生きている筈です。それが露見すれば、間違いなくこちらの御前は敏子さんを殺す。何処にいようと探し出して斬り殺すだろう——貴方はそうお考えなのでしょうか。いや、敏子さんを庇った自分も殺されると思っていらっしゃいますか？」

「な、何を」

藤蔵は二三歩後ずさった。

「父親をむざむざ殺人者にするのは忍びなかったのですか？　それとも娘さんが可愛かったのでしょうか。いや、祖父が孫を殺すなどと云う、取り返しの付かない醜聞を嫌ったのですか。そんなことになれば、家名に傷が付くどころか、天津家はお終いですからね。でも」

矢張りお父上が恐かったんじゃないのでしょうかと敦子は云った。

「ご近所の方にお聞きする限り、日本刀を振り回すご老体のお姿には鬼気迫るものがあったようですからね。でも」

敦子は老人に視軸を向ける。

「この方には——もう敏子さんを探し出して斬り殺すような真似は出来ないと思いますけれど。初めてお目に掛かりましたが、直ぐに判りました。貴方はずっと一緒に暮らされていて、判らなかったのでしょうか」

「お、お前なんかに何が判るか。親父殿は」

ただの老い耄れですわよね、と美弥子が云った。

「いいえ。ただの老い耄れではなく、最低の老い耄れです。時代錯誤の化石、知ることもせず考える力もない、最低最悪の女性蔑視者ですわね」

「何を云うかッ」

「本当のことですわ。どうです。お怒りになられたら如何です？　わたくし、今は本当に貴方を愚弄致しましたの」

美弥子は老人の真ん前に立った。

老人は無言で顔を上げた。握った手が痙攣している。

「お怒りになって結構です。文字通りわたくしは貴方を見下げています。軽蔑しておりますのよ。成り上がりは貴方ですわ。いいえ、貴方は成り上がってさえいませんわね。貴方は些細とも偉くない。同郷だとか、藩閥だとか、そんな細いコネクションを頼みの綱にして、姑息に小銭を稼いだだけの——小物ではないですか」

「お、おのれ、ぶ、武士を」

武士なんかいませんと美弥子は云った。

「そうやって家名だの血統だの資産だのと云った、くだらないものに縋っていなければ、まともに立ってもいられないのでしょうね。剰え性別にまで寄り掛かり、振り翳す。見苦しいことこの上ないですわ。そんな肝の小さい、器の小さい人間を、わたくしは心底蔑みます。男だろうが女だろうがそのいずれでもなかろうが、そんなことは何の関係もない。地位も名誉も何も持っていなくたって、人は独りで立っていられるものですわ。何故なら」

人だからですわと美弥子は云った。

「生きていることそれ自体が誇りです。それなのに貴方達はそんな要らないものを振り翳して相手の上に乗って来る。そうしなければ立てないんです。それは猿のすることではなくって？　いい迷惑ですわね」

老人は顔を上げたまま固まっている。

「悔しいのですか？　女ごときに愚弄されて。そのご自慢の何とか流でわたくしをお斬りになります？　結構ですわ。多分わたくしは貴方のような頭の悪い体力もないご老人には負けませんことよ」

「お。女如きが」

老人は絞り出すかのように、漸くそれだけを云った。

「まだ仰いますか。そう、どうしても男だ女だ云いたいのであれば、こう申し上げましょう。貴方は男の屑ですわ。年長者にこんな罵言を吐くのは本意ではございませんけれど――」

屑は屑よと美弥子は云った。

「その屑を恐がっていると云う貴方はもっと屑ですわ。唾棄すべき男」

美弥子は藤蔵を指差した。

「そんな、屑の機嫌を取る屑みたいなものに、美智栄さんは殺されてしまったと云うのですか。それでは遣り切れませんわ。わたくし、大切なお友達を殺されてしまって泣きたい気持ちで一杯なのですけれど、涙が出ません。怒りで満ちてしまって――泣けませんわよ」

藤蔵は言葉を失っている。

「どうしたのかしら？　何ですの、その態度は。普段通りに威張り散らせば宜しいのじゃなくって？　わたくし、貴方達が日頃から見下げている女ですわよ。その女にここまで云われて、何故に黙っていらっしゃるのかしら。こちらのご老体に至っては立ち上がることも出来ないのですね。随分とご立派だこと」

「私は――」

「何かしら。女は子を産むことしか用のないものなのでしょう？　だから子を産めない女は殺したっていいと、そう云うことなのですね？　同性が魅かれ合うことは罪悪なのでしょう？　そうですわよね、子孫は残せませんものね。何でしたっけ、恥知らず？　畜生？」

いいかげんになさってッと、美弥子は怒鳴った。

「恥知らずの畜生は貴方達の方ですわ。この――人殺しッ」

「人殺し」

「人殺しではないですかッ」

人殺しと云う美弥子の言葉に撃たれたかのように藤蔵は膝を折って、崩れ落ちるように座った。

「違うんだ」

「何が違うと云うのです。人殺しは人殺しでしょう」

違うんだ違うんだと繰り返して藤蔵は前傾し、頭を抱えた。

「私は——救いたかったんだ」

「誰をです」

「私は」

「何も救っていませんわ。貴方は殺しただけじゃないですか」

「私は——助けたかっただけだ」

「助けるですって？」

「敏子さんとコウさんを、ですね」

敦子は屈むと、藤蔵に向けて云った。

藤蔵は項垂れたまま、首肯いた。

「ふ、藤蔵ッ、おのれ――」

屑はお黙りくださいませんことと、美弥子は老人の言葉を瞬時に止めた。

老人は黙った。

「どうなってるんです？」

美由紀は漸く口を利いた。

「本人の前で説明するのは変だけど――その藤蔵さんは敏子さんとコウさんを助けようとして、この最低の計画を立てたの。そうですね」

敦子の言葉に、藤蔵はもう一度首肯いた。

「ですから、それはどんな計画なんです？」

「先ず壙(あな)を掘ったの」

「あの陥穽(おとしあな)ですか？」

「そう。茶店のご婦人が云っていた頬被りの初老の男と云うのは、この藤蔵さんだったんだと思う。雑誌記者に告げ口をしたのも頬被りの男だったようだし――そうですね？」

藤蔵は体を丸めたまま答えなかった。

小母(おば)さんは、その男は何回も登って来ていたと云っていたか。

「下見に行っていたのでしょう。それで良い場所――あの大きな樹と、窪みを見付けて――それから後日、若い衆の手を借りてあの壙を掘ったのではありませんか。思うに手伝ったのは宗右衛門さんに斬られた方方ですよね？」

彼奴等（あいつ）は無関係だと、藤蔵は聞き取り難（にく）い声で云った。

「ええ。壙を掘らされた人達は、計画の詳細に就いては何も知らなかったのだと思います。だから何のために壙を掘るのかも解っていなかったのでしょうね。そう云う意味では無関係なのかもしれない」

矢張り藤蔵は答えなかった。

「え？　何も判らずに手を貸したんですか？　云いなり？　意味も判らずに壙なんか掘りますか？　何かの仕事だって嘘吐（つ）いたんですか？」

「これは想像だけど、隠居の乱暴を止めるために手を貸せ――とでも云ったのじゃないかと思うけど。その人達は凶器を持って暴れるご老人にかなり辟易していたようだし。怪我もしている。幸い軽傷だったから良かったけれど、一歩間違えれば命に関わることでもあるから、何としても止めて欲しかったんでしょうね」

「いやいや」

壙なんか掘ったってそんなの止まらないですよと美由紀は云った。

「何かのお呪いとでも云ったんですか？　山に壙を掘ると乱暴が止むなんて、そんな変な話、お子様の私でも信じませんよ」

違うと思うと敦子は云う。

「多分——多分だけど、敏子さんに自殺をさせるための用意だと、この人は暗に仄めかしたのじゃないかな。敏子さんがいなくなってしまえば、宗右衛門さんも暴行を働かなくなるでしょう」

いや、それは。

「そんなこと承知します？　普通。だって人の命に関わることですよ？　自殺の手伝いになっちゃうかもしれないと思ったら、しなくないですか」

「そうね。普通の感覚ならしないと思うけど、日本刀を持って暴れていたのよ、そのご隠居は。毎日のように。しかも彼等は斬られて怪我してる。自分の命と天秤に掛ければ——どうかな。それに、仄めかしただけで明言はしていなかったんだと思うけども——どうなんですか。それとも、それなりの報酬を渡していたとか？」

藤蔵は何も答えなかった。

「茶店のご婦人が云っていた国民服と云うのは、揃いの作業服なんだと思う。彼等の本業は土建屋なんだし」

そう云えば、この家を訪れた時もそんな感じの服装の人が何人か、家の前に屯して
いたように思う。

「掘削具は青木さんが云っていた旧陸軍仕様の小円匙なんでしょうね。軍隊で塹壕なんかを掘った経験がある人達が五六人もいたのであれば――作業自体は何日も掛からなかったでしょう。もしかしたら、まだ暗いうちに登って一日で終わらせたのかもしれない。いずれにしても指示をしたのはこの藤蔵さんですよ。そうですよね？　ご自分で作業はしていないんだと思いますけど、どうなんです？　仕上がりを確認したりはしたのでしょうか」

　そして。

「陥穽が完成したから――」

　敏子さんは翌朝、家から出されたんですねと、敦子は云った。

「いや、まだ少し解りません」

「家を出て何処かへ行くように仕向けた。そう促して手引きしたと云うべきかな」

「手引き？」

「この人がお膳立てをした。そうですよね？　藤蔵さん」

「家を出て――どうしたんです？」

それは知らない、と敦子は云った。

「遺書は?」

「山に行きます——って、遺書のような遺書じゃないような書き方でしょう。この人が敏子さん本人に書かせたんでしょう」

「書かせたって、その、娘さんもこの人の云いなりに何でもしちゃうんですか? お父さんの命令だからですか?」

「違うよ。この人は——安全を保証したんだと思う。これから先の身の安全と引換えに、云うことを聞かせた。つまり」

逃がしたの、と敦子は云った。

「葛城さんと一緒に」

「一緒? 一緒って」

「貴方は、娘さんとその恋人を生きたまま逃がした。そうですね?」

「そ」

そうだと藤蔵は云った。

「と、敏子は生きておるのかッ」

老人は絞り出すようにそう云うと、体を横に倒した。

「何処にどうやって逃がしたのかは判りません。でも、敏子さんもコウさんも、高尾山には登っていない。そうですね」

「じゃあ――」

「あの日、高尾山に登ったのは敏子さんじゃない。葛城さんでもない。この藤蔵さんなんです。暗いうちに敏子さんを家から出した貴方は、先ず葛城さんの処に行き、彼女も逃がした。そして始発のケーブルカーで山に登った。そうですよね？」

「ど、どうしてです？」

「この人は――高尾山で二人の身代りを捜したんでしょう」

「身代りって、そんな簡単に似た人が見付かる訳ないじゃないですか。慥かにこの間だって、それなりに人はいたけど――」

「別に、そっくりである必要なんかなかったの。流石にご老人ではいけなかったのでしょうけれど、年齢もあまり関係なかったと思う。見た目の問題だけ。しかも背格好が同じくらいで、髪形が似ていると云う程度で十分だった筈。だって、誰が何と云おうと、実の父親が認めてしまえば」

それは本人――か。

「そう。そしてそこに」

是枝美智栄が登って来たのか。

美由紀はどちらにも会ったことがないのだけれど、二人は身長も年齢もそんなに変わらなかったようだし、髪形も近かったようである。茶店の小母さん曰く、顔は似ていないと云うことだが、見合い写真なら区別が付かない程度に、近い雰囲気だったのだろうか。

だから。

「藤蔵さんは早速是枝さんに目を付け、あの罠に導いたのでしょう。違いますか」

藤蔵は身を固くしている。

美智栄さんが先なのですかと美弥子が問うた。

「秋葉さんもほぼ同時に登って来られたようですけれど」

そうですね、と敦子は云った。

「ご存じでしょうが、参詣者も含めて登って来る人の年齢は様様です。若い女性はそれ程多いとは云えない。そんな中、是枝さんと秋葉さんが同じケーブルカーで登って来たんですから、この人にしてみれば千載一遇の好機――いいえ、殺される方にしてみれば不幸な偶然、最悪のタイミングとしか云い様がないんですけど」

正に最悪である。

「ですから、目を付けたのは二人ほぼ同時だったのでしょうが――」

敦子は藤蔵を見る。

「この人は、何よりも先ず敏子さんの身代りが欲しかった筈なんです。朝のうちに敏子さんを逃がしてしまった以上、そして遺書めいた書き置きまで書かせてしまった以上、もう後戻りは出来ない。その日のうちに、早急に身代りになる女性が必要だったんです。そうですよね？」

代わりに死んで貰うために。

「思うに、是枝さんと秋葉さん、どちらでも良かったのでしょう。でも――是枝さんは敏子さんと同じく髪を短くしていたんです。だから是枝さんが選ばれた。違いますか？」

藤蔵は答えなかった。

「この人は多分、髪型に関しては何とでもなると考えていたのだと思います。短い髪の毛を伸ばすことは出来ませんが、長ければ切ってしまえばいいのですから。散髪が多少下手糞でも、そんなことは大きな問題ではない。必要なのはそれらしい死体(ボディ)の方なんです。しかし、是枝さんなら手を加える必要はない。好都合です。だから是枝さんに狙いを定めた。そうですね？」

藤蔵は矢張り黙したままである。

「秋葉さんは、一目瞭然で参詣者と知れる恰好でした。従ってお寺の方に行くことは予想出来た。一方、是枝さんは山歩きの服装だった訳で、どちらに進むのかは予測出来なかった。果たしてあの、琵琶滝に行く分岐を越した先にある、森に分け入るためのポイントを通過するのか、するとしてもいつなのか、それは判らないことです。場合に依ってはそこは通らないかもしれない。でも、彼処(あそこ)からでなくては巧く罠まで誘導することが出来ませんよね？」

あの場所か。

「是枝さんは茶店で御不浄を借りていますから、狙いを定めた貴方は待ち伏せて後を付けた。是枝さんは琵琶滝方面へ向いました。方向としては合っているものの、滝に向われてしまえばあの場所は通過しないことになる。しかし、幸い是枝さんは滝には行かず、滝に向う道を通り越した。だから貴方は壙の在る森に引き入れるポイントで追い付き、声を掛けたのではないですか」

美由紀は、あの場所の風景を思い出す。

「彼処からどうやって罠まで導いたのかは判らないですが――同行者が窪みに落ちてしまったので手を貸して欲しいだとか、それらしいことを云ったのでしょうか」

藤蔵は何も云わない。

美弥子がその様子を凝眸（ぎょうぼう）している。

「あの人は」

美弥子が云う。

「美智栄さんと云う人は、目の前に困っている人がいれば絶対に手を貸す、そう云う人でした。ですから困った顔さえしていれば、細かい事情も尋かずに付いて行ったかもしれませんわね」

美弥子は押さえた口調でそう云うと、藤蔵から顔を背けた。

「ワンちゃんは、おっとりとしている癖にお節介で明るくて、少し弥次馬な人でしたから」

敦子は美弥子の顔を悲しそうに眺めてから、続けた。

「どうであれ、壙の傾斜の処まで連れてさえ行ければ、後は突き落とすか投げ入れるか──覗き込んでいたのなら背中を押すだけでいい。滑って落ちれば、もう、一人では出られません」

出られなかったのだ。美由紀も。

それからどうされたんですか藤蔵さんと敦子は問うた。

「あの壙は人が通る道からは離れていますから、多少の悲鳴なら聞こえません。万が一声を聞き付けた人が森を覗いて見たとしても、姿は確認出来ないんです。あんな処に人一人がまるごと落ち込んでしまうような深い壙があるとは普通は思いません。でも、是枝さんが騒ぎ続けたならば——誰かが壙まで寄って来るかもしれない。そうすれば面倒なことになりますよね。だから」

どうなのですか藤蔵さんと、敦子は再度問うた。藤蔵は首を竦めて縮こまっているだけだ。

「昇り降りするために縄梯子(なわばしご)のようなものは当然用意されていたのでしょうから、貴方はすぐに壙の底に降りた筈です。貴方は是枝さんに何をしたんですか？」

藤蔵は敦子を睨んだ。

「気絶させたのでしょうが、貴方が薬物などを使ったとは思えません。藤蔵さんも武道は嗜(たしな)まれているのでしょうから、喉許(のどもと)を打つか、鳩尾(みぞおち)に当て身を喰らわせるか、胸を圧迫するか——」

「私は——」

藤蔵はそれだけ云った。

否、それだけしか云わなかった。

「何らかの方法で是枝さんの意識を失わせた貴方は、彼女の服を脱がせ、敏子さんの部屋から適当に選んで持って行った服を着せた」

それが——衣服の交換か。

美由紀の様子を窺って、敦子は正確には交換じゃなかったのと云った。口には出さなかったのだが、美由紀はそう云う顔をしていたのだろう。

「私、ご遺体を回収した警察の方や地元の消防団の人に尋き廻ったんですけど、どう考えても亡くなっていた女性の服装は妙ですよ。自殺するためだったとしても、逃避行なんだとしても、あんな恰好で家を出るとは思えません。発作的に家を飛び出したのだとすると、普段着と云うことになりますが、どうもそうとも思えない。勿論、登山のスタイルではないですから、山では格段に目立ちます。それなのに生きている彼女の目撃者は一人としていないんです。いいえ、それ以前に」

組み合わせのセンスが変ですよと敦子は云った。

「真っ赤な夏用半袖セーターの上に桃色の厚手の羊毛カーディガン、下は薄手の鼠色の裳裾、素足に外出用の革の短靴。しかも色は深緑色——ちぐはぐと云うか何と云うか、かなり考え難い選択だと思います。おまけに鞄は疎か手荷物も、お財布すら持っていなかったのですから」

そんな不思議な恰好でしたのと云って美弥子は頰を攣らせた。服装に無頓着な美由紀はそうと聞いてもピンと来なかったのだが、季節感がバラバラだと云うことぐらいは判った。お洒落――でもないのか。

「着替えさせた後、貴方は」

是枝さんを殺した。

殺しましたねと敦子は云った。

「貴方はこの家から持ち出した敏子さんの腰紐を繫ぎ合わせ、輪を作って是枝さんの頸に掛け」

何の罪もない。

「壙から出ると」

無関係な人を。

「紐を木の枝に掛け」

首吊りに見せ掛け。

「満身の力を籠め――引っ張り上げた」

「生きたままでですか！」

美弥子が声を上げる。

「美智栄さんは生きたまま吊るされたのですか？　この人に？」

「意識は失っていたでしょうが、生きてはいた筈です。幾ら何でも外傷があったのでは、直ぐに自殺と断定されることはないでしょう。身許は兎も角、検案はされるんですから」

「酷い」

　酷過ぎますと美弥子は云う。

「貴方、わたくしのお友達を何だと思っていらっしゃるの？　いいえ、それ以前に人の命を何だと思われているのかしら。それは何です、女だから殺しても良いと、そう云うことですの？　先祖が武士なら、人を屠っても赦されるんですかッ」

　酷いですねと敦子も云った。

「酷いですよ。都合良く枝の下に壙があったから首を吊った――そんな話ではないんです。壙から引き上げるために、わざわざ枝の下に壙を掘ったんですよ。あの、壙の縁に付いていた深い足跡は藤蔵さんのものでしょう。是枝さんを引き上げた時に付いたんだと思います。二人分の荷重がまるまる掛からなければ、あんな深くめり込むことはありません」

　そうか。

結構重たそうな金ちゃんが美由紀を引き上げた時に出来た足跡よりも、それは深く刻まれていたのだ。

あの、敦子が気にしていた枝の上部の擦り痕は、気を失った美智栄を引き上げる時に出来たものなのだろう。普通に首を吊ったのであれば、幾ら扱いたとしてもそんな痕は出来ないのだろうし。

それにしても。

本当に是枝美智栄は意識がなかったのだろうか。そうだったとしても十分に酷いのだけれど、もし途中で気が付いてしまったりしたらと思うと——美由紀は堪えられなくなる。

聞くところに拠れば絞首刑と云うのは、落っことされるのだそうだ。一瞬で頸が絞まるらしい。しかし、じりじりと吊り上げられるとなると——。

厭だ。

「貴方は紐を引いたまま樹の周りを廻ってきつく縛り付けた。これで——首吊り死体の出来上がりです。これは想像ですが、その作業は考えていたよりも、ずっと早く終わったのではありませんか？」

藤蔵は、不可解だとでも云うような、奇妙な眼差しを敦子に向けた。

「最低でも一時間以上は掛かるつもりでいたのに、三十分も掛からなかった――そうですよね？」

「な、何故」

本当にそうだった――のだろう。

秋葉さんですよと敦子は云った。

「そこで貴方は欲を出したのですか。もし間に合うなら、さっき目を付けたもう一人の女も――攫ってやろうと」

どう云うことですと美弥子が問うた。

「それは葛城さんの身代りに――と云うことですわよね？　すると、当初、この人は心中に仕立てるおつもりだったと云うことですか？」

違うと思いますと敦子は云う。

「是枝さんを敏子さんに仕立てることは可能なんですね。この藤蔵さんが認めてしまえばいいことなんですから。でも、葛城さんの場合、そうはいかないんです。近い親等のお身内はいらっしゃらなかったようですが、遠方と雖もご親戚はご健在のようですし、BGですから会社関係の人達もいる。必ず身許確認の手続きは取られる。別人であれば確実にバレてしまいます」

当たり前ですわねと美弥子は云う。

「普通の遺体なら——ですけれども」

「ええ。だから、普通の遺体でなくすために小細工が必要だったんです」

「小細工って、それ」

発見を遅らせることねと敦子は云った。

「身許を不明にするためには、外見だけでは誰だか判らないようにしなければいけないでしょう。しかし、あくまで自殺に見せかけようとしている以上、焼いたり切り刻んだりは出来ない。埋めることもできないでしょう。発見を遅らせ、出来れば白骨化させてしまうのが一番いい——そう云うことですよね？」

「そ、それで離れた山の中に？」

迦葉山だったか。

「ええ。でも、永遠に見付からないと云うのも困る訳です。それなりに人は行くのだけれど、直ぐには見付からないような場所でなくてはならなかった。加えて、発見されても身許不明のままでは意味がないんですね。だから、予め預かっておいた、葛城さんの身分を示すものが入った鞄を持たせた——違いますか？」

答えはない。

「そうした細工をするために、身代りは別の場所で確保する予定だった筈です」

「別の場所ですか？」

「ええ。少なくとも山で女性を誘拐する意味はなかった筈です。小細工をするためには下山させなくてはならない。山で拉致すると云うことは、その人を伴って下山しなければいけないと云うことです。これ、かなり危険(リスキー)だと思います」

それは幾度も検証したことである。

でも——と敦子は藤蔵を見る。

「仕事(ミッション)が巧く運んだために気が大きくなったんでしょうか。もしかしたら調子に乗ってしまったんですか？」

藤蔵は顔を上げ、敦子を睨んだ。

「寺社への参詣は山歩きと違ってそんなに時間の掛かるものではありません。本来なら間に合う筈もなかったでしょう。しかし万が一と云うこともある。貴方は急いで浄心門か、茶店の辺りか、彼女が通りそうな処まで移動した。そして丁度参詣を了(お)えて下山するタイミングだった彼女を捕まえ、某(なにがし)かの手段で罠の処まで連れて行って壙に突き落としましたね？　それとも放り込んだんですか？」

「違う！　そうじゃない。そんなんじゃないッ！」

藤蔵は漸く声を上げた。

「あの女は——勝手に来たんだ。そして」

そこまで云って藤蔵は沈黙している父親の顔を一度見て、再び黙った。

「そうですか。秋葉さんは信仰を持っていたと云うよりも、神社仏閣を巡るのが趣味だったようですから、山内を巡り歩くつもりだったのかもしれません。では、それこそ不幸な偶然だったと云うことですか」

敦子さんと美弥子が呼ぶ。

「偶然であることは間違いないのでしょうが、それを不幸にしてしまったのはこの男ですわ」

美弥子は強い視線を藤蔵に送った。

その通りですね——と敦子は残念そうに云った。

「秋葉さんの人生を奪ったのはこの人ですから。どうなんです。それで、また殺したんですか？　背負うなりして下山させなくてはならないのですから、大声を出されたり、暴れられたりしたのでは困りますよね？　でも、死体を担いで下山するのは更に難しいですからね。その場で殺してはいないのでしょうね。では気絶させたのでしょうか。いずれにしても——自由は奪っていますよね」

何をしたのですと敦子は少しきつい口調で問い質した。

「秋葉さんは講に入っている訳でもないのに菅笠に白衣と云う姿でしたから、これは目立ちますよね。実際茶店のご婦人も独りで登って来る秋葉さんのことは記憶していた。どうであれ、出来るだけ目立たない方が良い訳ですから――」

「あ、それで！」

そう云うことなのか。

「それで着替えさせたんですか？」

「そうでしょうね。服は一着、余っていた筈ですから」

「あ。脱がせた美智栄さんの服――ですか。それで？」

それがもうひとつの衣服交換なのか。

「そうですね。お尋ねしても何もお答え戴けないようですが――そうでなくては数が、合わないんですよ。居なくなった女性は四人。死体は二つ。見付かった衣服は三着です。秋葉さんの衣装は捨てられていた。その段階で余っていたのは、美智栄さんの服だけ――ですよね」

「いいよ」

もういいよと藤蔵は云った。

「あんたの云う通りだ。私が木の幹に紐を結わえているその時、何をしに来たのだか知らないが、あの女の姿が木陰にちらりと見えた。慌てて隠れたが、首吊りは隠せないからな。立ち去ってくれることを祈ったが、女は近付いて来た。そして首吊りを見付け、近寄って堕ちたんだ」

藤蔵は顔を背けた。

「それ——気付かれてないんだったら、そのまま立ち去っちゃっても良かったんじゃないんですか？」

美由紀はそう思う。

偽装工作は済んでいるのだろうし。

「いや、知らんぷりして助けてあげたって良かったんじゃないですか？　その方が疑われないですよね？」

そうもいかなかったのでしょうと敦子は云った。

「紐を結んでいたところと云うことは、まだ昇降用の縄梯子も掛かっていたのかもしれないし、壙の底には荷物や、脱がせた是枝さんの衣服なども残っていたかもしれない。いや、残っていたんでしょう。だから貴方は、壙に降りて、秋葉さんも」

そうだよと藤蔵は答えた。

「あの女は足が挫けるか折れるかしていたんだ。自分では動けないようだった。だから——その時、丁度好いかもしれないという想いが浮かんだ。どうせ——」

生かしておく訳には行かないですかと敦子は無表情で云う。

「飛んで火に入る夏の虫——とでも思われましたか？」

そうだよ、そうだと藤蔵は突然声を張り上げた。

「年格好も髪の長さもお誂え向きだったから、そう思うさ。しかも壙の中だ。歩けもしない。だから」

「だからどうしたんです」

「だからあんたの云う通りだよ。当て身を喰らわせて気絶させ、着替えさせたよ。結んでいた髪も解いた。そのまま担いで、徒歩で下山したんだ。女は途中で意識を取り戻したようだが、救助されてる途中だとでも思ったか、まだ朦朧としてたのか、うんうん呻くだけで、何も云わなかった」

その状態で茶店の前を通過したのだろう。

「貴方はそれまでに何度も茶店の前を行き来していた筈ですが——また随分と大胆な行動に出たものですね。それまではずっと頬被りをなさっていらっしゃったんだとしても、体格や服装で判ってしまうとは思わなかったのですか」

敦子が冷ややかに云う。藤蔵は投げ遣りに判らないさと云って、少し笑った。

「それは、少しは危ないかもしれないと思いはしたが、だからと云ってどうしようもないじゃないか。その場で殺してしまう訳にも行かないし、山から下ろさない訳にも行かないだろう」

「でも、小母さんが声を掛けたんじゃないんですか」

バレるとは思わなかったのか。

「あのお節介な店の女か。話し掛けられたが、適当に躱したよ。どうせ他人ごとだからな。判りやしないさ。まあ私の顔なんか覚えちゃいないだろうと思ったが、女の服装やリュックサックなんかは覚えているかもしれないとは思った。だから俺の上衣をリュックサックの上から被せておいた。案の定、気が付きやしなかった」

小母さんは気付いていなかったのだ。実際。

「女が元元着ていた着物は、丸めて持って行って途中で捨てたよ。杖だの笠だのも捨てた。麓まで下りてから手足を縛って猿轡を咬ませ、予め停めておいた車のトランクに入れた。その時女は――まだ、生きてたよ」

「真逆――その足で警察に行ったのですか？」

行ったがどうだと藤蔵は云った。

「あの女が覗きに来たくらいだから、いつ誰に発見されてもおかしくはない。だから急いで捜索願を出したんだよ」

「それから——雑誌社に情報を流したのですね」

「何でもお見通しだな。警察の捜索は最初から高尾山に絞り込まれるような感触だったし、死体はすぐに見付かると踏んだ。だから時間はないと思ったんだ」

「この人は」

雑誌社の方に何を云ったのですと美弥子が忌忌しそうに云った。

「私が聞いたところでは、女同士の邪恋の末に、心中すると云い残して高尾山に登った——と告げたそうですよ」

「邪恋？」

美弥子は拳を握り締めた。

どうであれ世間様に取っちゃ邪恋だろうと藤蔵は嘯いた。

「私も、翌日の午前中には山に登った。下手をすればもう見付かっているかもしれないと思ったからな。幸い、山狩り開始前には間に合った。報道らしい連中も見掛けたよ。私が連絡したのは四社だったが、もっと沢山いた。ネタを横流ししたんだな。麓にも警察や消防団は大勢いたから、本当だと受け取ったんだろう」

「そこで、それらしい人に接触して敏子さんと葛城さんの身許を教えたんですね」

「そうだよ」

「それは――」

違うんだよと藤蔵は云った。

「現場の責任者に会って話したら、もう一人、別の女の捜索願が出されたようだと云う話だったからさ。なら、吊るした女のことだろう。だから身許を教えたんだ」

「どうしてです？」

「どこの誰だか知らないが、間違えられちゃ可哀想だろう」

「間違う？」

トーハーにだよと藤蔵は云った。

「トーハー？」

女性同士が性的関係を持つことを云う遊廓の隠語よと敦子が教えてくれた。

「そんなもんと勘違いされちゃ可哀想だろうよ」

何ですってと美弥子が憤った。

「貴方、ご自分で殺しておいて、何と云う言い種（ぐさ）ですの」

殺したからさと藤蔵は云う。

「敏子の身代りに死んで貰ったんだ。だからこそ、死んだ後まで辱め受けちゃ憐れだろうと、そう思ったんだよ」

「辱めですって？」

恥でも何でもないでしょうにと美弥子は静かに怒鳴った。

「それを恥にするのは貴方達です」

「そうだよ。だが、あんた達がどう思おうと今の世間じゃ恥だろう。正しいとか正しくないとか、そんなこと関係なく蔑視されるだろうに。するじゃないか。読まなかったのか雑誌の記事。酷いことが書かれてたじゃないか。あれがこの国の大衆の意見なんだよ。だから」

「だから何です」

何をしたって変わらないだろう変えられないんだよと藤蔵は畳を殴った。

「間違っているからって何か云ってどうにかなるならしているんだ。どうにもならないなら、それを承知で処世するしかないだろう。それに、死んだのは、敏子と、葛城コウでなくちゃならなかったんだよ。だから雑誌の連中に身許を教える一方で、警察には口止めをした。その方が連中も喰い付くからな。幸い、彼処の署長は筋金入りの守旧派で、うちの親父殿と話が合うような頭の硬い男だからな」

藤蔵は父親を上目遣いに見た。

「首吊りは午後には発見された。報せを聞いて駆け付け、敏子だと云った。信じない奴はいないさ。服の組み合わせが変だろうが何だろうが、届けた通りの恰好でぶら下がってたんだし、先ず親の私が認めてるんだからな。一応死骸を警察に運んで調べると云うから好きにしろと云った。遺体は翌翌日にこの家に届けられたが、葬式は出さんと親父殿が云うから、すぐに火葬にした」

「そ——それじゃあ、是枝さんの捜索が始まった時点で、是枝さんのご遺体は警察にあったと云うことですか？」

美由紀が問うと、そうなるようねと敦子は云った。

「見付かる訳がないわね」

「それ、絶対見付かりませんけど——ちょ、寸暇（ちょっと）待ってください。その、秋葉さんはどうなったんです？」

どうもならないさと藤蔵は云った。

「その間は、そのまんまだった。幾ら葬式をしないと云っても、何や彼（か）やと忙しかったからな」

「まんま？　縛って、トランクに入れたままですか？　だって何日も——」

「丸三日そのままにしておいた。死んでるかと思ったが、しぶとく生きてたよ。まあ脈があったと云うだけだがな。だから敏子の死亡手続やなんかが終わるまで放っておいて、それから山に棄てに行った。袋に入れて崖の上まで運んで、袋から出して、逃がす時に葛城から貰っておいた鞄を掛けてな、投げ落としたのさ」

「酷い――」

「ああ、酷いさ」

酷くて悪いかと藤蔵は大声で云った。

「どうせ助からなかったよ。落とす前に何度か頰を叩いてみたが、白目を剝いただけだったからな」

「そうですか」

敦子は眉間に皺を寄せた。嫌悪の表情に見えた。

「迦葉山で見付かったご遺体には落下時に付いた傷以外目立った外傷はなかったようです。それはそもそもあの壙に一度堕ちただけで、気絶させた時以外に危害を加えられずに、ずっと監禁されていたからなんですね。足を挫いた秋葉さんは、トランクに詰められ、飲まず喰わずで放置され、揚げ句の果てに崖から落とされたんですか。何の罪もないのに。貴方は立派な」

殺人鬼ですと敦子は云う。

「そうだよ。だから何だよ」

藤蔵は身を起こし、立ち上がった。

「そうさ。白状したよ。私は殺人鬼だ。どうだ親父殿。どうする」

老人はただ息を荒くしている。

「何とか仰ってくださいよ。あんた、女を人だと思ってないから。なら構いませんよね。私が殺したのは女です。下賤で無能な女ですよ。どうなんです？　上手く隠し通せると思っていたが、浅知恵でした。すっかり露見してしまった。さあ、どうします親父殿。この女共も殺しましょうか」

どうなんだ何とか云ってくれと藤蔵は怒鳴った。

「こ──」

「殺せですか？　二人殺すのも五人殺すのも大差はないですね。いや、この連中を殺してしまえば隠蔽出来るかもしれない。いいんですね、女だから」

「ふ、藤蔵お前──」

あんたがそんなだから私は人殺しになったんだよと云って、藤蔵は床を踏み鳴らした。

「何だと？」

「能く聞け親父殿。私はね、あんたの考え方は間違ってると思う。いいや、狂ってるとさえ思う。それでも、親だから、尊敬しているから、ずっと黙って従って来た。それに就いて文句を云う気はないよ。あんたはそれで、そうして威張っていられるだけの場所を自分で作ったんだし、世間だってあんたとそう大きく違っちゃいないんだからな。でもなあ、親父殿。私は——」

私は娘が可愛いよと藤蔵は云った。

「仮令、どんな娘でも自分の子供じゃないか。可愛いに決まってるだろう。それをあんたは、本気で殺そうとしただろう。何度もだ。あんたにとっても孫じゃないか。どんな孫だって、血を分けた肉親だろ。あんた、本気で斬り付けたよな？」

「あ、当たり前だ。あんなもの、女である以前に畜生だ。亡国の徒だッ」

あんたの孫だッと藤蔵は叫んだ。

「流石に、最初に真実を打ち明けられた時は私だって戸惑いましたよ。素直には受け入れられなかった。考え直せと何度も云った。でも、敏子は本気だったんだよ。だから——女同士だって何だって構わない、添い遂げさせてやりたいと、そう思うようになったんだよ」

それが親だろうと藤蔵は大声で云った。

愚かしいことを口走るなと老人は声を嗄らして返した。

「それを云うなら儂はお前の親だ。親の教えが護れぬか。儂の云うことが聞けんと云うのか。き、貴様、それでもこの天津家の」

「天津家？　天津家が何だって云うんですか。先祖は高が田舎の下級武士ですよ。殿様でも何でもない。いいや、殿様だったとしたって関係ないですよ。私は、そんな家名なんかより自分の娘を大事に思う。望みを叶えてやりたいと思うさ。それが親だろう。違うか親父殿ッ」

「お、おのれ、父に向ってその態度は何だ藤蔵ッ」

「そこに直れ、ですか。私をお手打ちになさいますか。それでこの家の血統は絶えますよ。いいですよ。警察に捕まれば私はどうせ死刑になるでしょう。ならなくたってこの家はもう終わりだ」

「お。おのれッ」

「いい加減にしてくださいッ」

美由紀は怒鳴った。

序でに威勢良く立ち上がった。

「あなた方は一体何なんですか。さっきから黙って聞いていれば云いたい放題——私は女だし、まだ子供です。偉くも何ともないしお金持ちでもないですよ。でも判りますよ」

どっちも最低ですと美由紀は云った。

何だか云わずにいられなかったのだ。

「変ですよ。家名だ何だって云うのはそれこそどうでもいいですけど、藤蔵さん、あなただって親だ親だとそれらしいこと云ってますけど、当事者である敏子さんと葛城さんはほぼ無視じゃないですか。あなたが、あなたの好きなようにしているだけじゃないんですか。どうなんです。あのお二人は——」

二人は何も知らんと藤蔵は云った。

「ただ金を持たせて逃がしただけだ。相手の女にもそう云った。どこか遠くで、二人で暮らせと云ったよ。その時が来たら報せるからいつでも逃げられるように用意しておけと、そう伝えておいただけだ——」

「莫迦じゃないですか。それ」

間違ってるでしょうにと美由紀は云った。

「何故だ。私は二人のために、二人の願いを——」

「あのですね、好きな人と一緒になりたいと云うのは、まあ誰でも思うことだと思いますよ。相手が男だろうと女だろうと関係ないですよ。でも、その願いを叶えるために逃がすって、何です？　何故逃げなくちゃならないんですか。藤蔵さん、敏子さんの気持ち、ちゃんと解ってたんですか？」

「わ、解っていたさ。真剣だった。だから私は、それこそ人まで殺して——」

それが変でしょうにと美由紀は云った。

「真剣だと理解したなら受け入れてあげるのが本来なんじゃないんですか。駆け落ちして幸せになる人も中にはいるのかもしれないけど、それって家族と恋人天秤に掛けてる訳ですよね？　どうしても受け入れて貰えないから、仕方なくするもんでしょうに駆け落ちって。あなた達みたいなどうしようもない人であっても、敏子さんにとっては家族でしょう。家族に祝福されるのとそうでないのは大違いですよ？」

祝福など出来るか莫迦者と、老人が声を上げた。

少し黙っててくださいと美由紀は怒鳴り返した。

「それだけじゃないですよ。あなた、二人を逃がすために、人を二人も殺しているんですよね？　娘逃がすために人殺しですか？」

「そ、それこそ二人は与り知らないことだッ」

「そんなこと隠したって本人にはすぐ判ることですよね。だって、自分が死んだことになってるんですよ。雑誌にも新聞にも出てるんでしょ、あなたが漏らしたから。そんなの、どんな鈍感な人だって判りますよ。それ、どうなんですか。自分達のために関係ない人が命を失ってる訳ですよね？　しかも殺したのはお父さんであることは間違いないですよ。お父さんが人まで殺して、それで家から出されて、それって幸せなことなんですか？」

敏子さん達のことなんか何も考えてないじゃないですかと云って、美由紀は畳を強く踏んだ。

「あなたの目には、このお爺さんしか映ってないじゃないですか。雑誌に情報流したのだってお爺さん対策でしょ。どうなんですか。本当に娘さんの気持ちを理解していたんですか？　家を追い出され、死んだことにまでされて――しかも自分達のために犠牲者まで出して、それで二人は幸せになれますかッ」

他に道はなかったんだと藤蔵は声を荒らげた。

「聞いただろう。この人は、私の父親と云うのはこう云う人なんだよ。絶対に許しやしない。いいや、殺す気だったんだ。本気で殺す気だったんだよ、この人は。じ、実の孫に斬り付けたんだぞ」

防ぎなさいよと美由紀は云った。

「女の人吊り上げたり崖から投げ落としたりする体力があるなら、そんな干物みたいな人簡単にやっつけられるでしょう。いいですか、私は小娘ですよ。あなた達が蔑む女で、しかも年端も行かない、頭も良くないお金もないただの庶民ですよ。それでもそのくらいの道理は判りますよ。あなたがすべきだったことは、人殺しじゃなく人殺しを防ぐことだったんじゃないんですか。先ずその、頭の煤けたお爺さんを何としても説得することが先決でしょう？　二人のことを理解し、応援しようと云う気持ちがあるなら、そうするのが当たり前じゃないですか」

「そんな綺麗ごとじゃ済まないッ」

「綺麗ごと云ってるのはあなたですよ。結局、あなたはこのお爺さんの前で恰好付けたかっただけじゃないですか。そうですよね？　家の中ではお爺さんの機嫌取って今まで通りに振る舞って、その上で娘の願いも叶えてやろうなんて、虫が良過ぎでしょうに。だからそんな、二人も無関係な人を殺しちゃうような、無茶な計画を立てなくちゃいけなくなるんじゃないですか。あなた、このお爺さんの不満を取り除くためだけに二人も人を殺してる訳ですよね？　殺された人はいい迷惑ですよ。それって、正気の沙汰じゃないですよ？」

解ってますかと美由紀は云った。

「高高十五の小娘に正気じゃないと云われてるんですよ？　解ってます？　このお爺さんがまともじゃないことは、私にだって解ります。昔昔の大昔なら兎も角、これからの時代にこんな人は要りませんよ。でもそんな人が大手を振って歩いてるのがこの時代ですよね。歩くだけならまだしも、威張ってますよ。威張って、威嚇して、暴力まで奮うんですよ？　まともじゃないですよね。あなた、敏子さんと話し合って、その真剣な気持ちが解ったと云ったじゃないですか。なら、次に向き合うべきはこのお爺さんでしょう。違います？　世間がどうであれ、社会がどうであれ、そんなこと関係ないですッ。弱い者護るのは先ず家族でしょうに。こう云うまともじゃないことを信じてる人に理解して貰うのが世の中変える第一歩でしょ？　この人、あなたのお父さんですよ。なら何とかするのはあなたでしょうに。それとも話が通じない程、この人耄碌してるんですかっ！」

「貴様ッ」

反応したのは老人の方だった。

しかし老人は、身を起こそうとしただけで蹌踉けて倒れた。

藤蔵は一瞬慌てたが、すぐに体の力を抜いて、下を向いた。

「お爺さん。お年寄りにこんなこと云いたくないんですけど、いい加減にしてくれませんか。人は色色ですから、お爺さんのような考え方の人もいるんでしょうし、それ自体は構いません。でも、違う人もいますよ。いるんですよ」

「何をッ」

　聞いて下さいよと美由紀は云う。

「本気で耄碌してるんですか。そうじゃないと思うから話してるんです。お爺さん長く生きてるんだから尊敬したいですよ本当は。尊敬させてくださいよ。お年寄りを軽蔑なんかしたくないですよ私だって。それとも、耳も遠くなってるんですか」

　煩瑣（うるさ）い黙れと老人は云った。

「慥（たし）かに、今の世の中、お爺さんみたいな考えの人は多いんだと思いますよ。でも違う人だって沢山いますよ。いや、沢山いると云っても全体から見れば数は少ないのかもしれませんけど、それでも一人や二人じゃありませんよ。いいえ、細かく見ればみんな違うんです。私と敦子さんと美弥子さんだって同じじゃないですよ。でも、同じところ、同じであるべきところもありますから。同じなのは自分と違う意見に耳を傾けよう、相手を尊重しようと努力するところです」

　それが何です——と、美由紀は老人を指差した。

「自分と違う者は認めない、聞く耳も持たない、そのうえ恫喝して服従させる。違う者は潰す。何かと云うと人の上に乗っかって来て、上に乗った方が偉いって、猿山のお猿ですか？　お爺さん、言葉通じてますよね？　それで、何ですか、最後は殺すんですか？」

どんだけ野蛮なんですかと美由紀は詰め寄る。

「お爺さんが本当に敏子さんを殺していたら、お爺さんは今頃牢屋の中ですよ。家名だか何だか知りませんけど、そうなっていたらもう、この家は孫を斬り殺すイカレた殺人狂の家として後世に伝えられてましたよ。代わりに息子さんが赤の他人を殺してしまったから、同じことですけどね。いいえ、もっと酷いですよ。息子さんはお爺さんの身代りですよ」

何が親なら当然ですかと美由紀は藤蔵を睨み付ける。

「冗談じゃないですよ。是枝さんは、好きな人がいたんです。一緒に山登りしたかったんですよ。秋葉さんは、子供達にとっても好かれてた優しい先生ですよ。会ったことはないけれど、どちらにも立派な人生があったんですよ。あなた達にそれを奪う権利があるんですか？　男だからですか。武士の末裔だからですか？

笑わせないで。」

「あなた達親子は、同時に敏子さんと葛城さんからも人生を奪ったんですよ。こんな状況になって、幸せになれますか？　この先どうやって生きて行くんですかッ」

敏子――藤蔵は力なく、娘の名だけを口にした。

「何も知らなかったじゃ済みませんよ。世間にバレなかったとしたって、二人とも死んだことになってるんですよ。死人ですよ。代わりに誰かが死んでることくらい判るでしょうに。そんな底の浅い計画、当事者なら直ぐに想像出来ますよね？　それで知らんぷりして幸せに暮らせますか？　責任感じないと思いますか？　戸籍も何もないんですよね？　どうやって暮らすんです」

莫迦は小父さん達ですよと云って美由紀は畳を蹴った。知らないうちに涙が出ていた。

「今は未だ、お爺さんみたいな考えの人も多くいるんでしょう。だから自分と違う考え方の者は認めないなんて偉そうに云ってられるんでしょうね。でも世の中は必ず変わります。十年掛かるか百年掛かるか知りませんけど、変えなきゃ駄目でしょう。性別だとか国籍だとか人種だとかで人を選り分けるような世の中はいつか滅びます。時間は掛かるだろうけど、駄目でも私が滅ぼしますよ。そうなってもそのままでいるなら、もうそれはただの害虫です」

国を滅ぼすのはあなた達ですよと美由紀は更に老人に近付く。何だか能く解らないのだが、無性に肚が立っていたのだ。

「女だから何ですか。若いからどうだと云うんですか。長く生きてれば偉いと云うなら、山に生えてる大木の方がずっと偉いですよ。同性で好き合って何がいけないんですか。何か迷惑なんですか。簡単に人を殺す方がずっと迷惑ですよ。何でもかんでも戦いに持ち込んで、無理矢理優劣付けて、上に乗った方が偉いとか、馬鹿じゃないですか。そんなだから戦争になるんじゃないですか。その方がずっと早く国が滅びますよ。この間滅びかけたでしょうに。世界中には色んな人がいて、誰もが幸せになりたいんですよ。少数派だから切り捨てるんだとか、対立するから潰せとか、本気で頭悪いですよ。一体、何を信じてるんですか。その先に何があるんですか。教えてください よ！」

振り上げた右手を、美弥子が摑んだ。

「もう宜しくってよ、美由紀さん」

美弥子は静かにそう云った。

「わたくし、先程までこの親子をぶん殴ってやりたかったのですけれど――」

もうその気は失せましたわと、美弥子は云った。

「美由紀さんの演説を聞いていたら、この方たちが何だか、愚かで、憐れに思えて来ましたの。こんな可哀想な人達を相手にすることはなくってよ」

美弥子は美由紀の手を引き下ろした。

そして、本当に憐れ、と云った。

「でも、この人達を無理矢理に啓蒙したり教化したりすることは、余り意味がないとのように思えます。況て、脅迫的に従わせるようなことは決してしてはいけないのですね。この人達と同じになってしまいます。況や暴力など以ての外ですわ」

いつか解るでしょうと美弥子は云った。

「話し合うことが大事なのでしょうね。でも——それと犯罪行為は別です」

貴方は殺人者ですわと、美弥子は藤蔵を示す。

「わたくしの大事なお友達を、罪もない無関係な人を二人も殺した。そして貴方は殺人未遂の罪を犯しています。敏子さんを殺害しようとしたのでしょう。罪は償ってください。男だろうが女だろうが関係ありませんわ。貴方も法治国家の一員でしょう」

「儂は」

「この期に及んで云い逃れでもするおつもりですか。貴方達の言葉で云うなら、そう云う態度は男らしくない、と云うのではなくって？」

「そうですね」

敦子はそこで後ろを一度顧みた。

「後は司直に委ねるべきでしょう。この方達は篠村さんの仰る通り、立派な日本男児のようですから、きっと潔く罪を認めると思いますけれど——」

見計らったかのようにどやどやと音がした。

藤蔵が半端に開け放しにしていた襖が、全開になる。

制服警官を含む数名の男が慌ただしく入室して来た。

埃りっぽい空気が侵入して来て、美由紀は反射的に除けた。

敦子も美弥子も後ろに引いて、天津親子だけが中心に残った。

警官の前に立っている二人の男のうちの一人は、青木文蔵だった。

「何だッ」

何だ何だと老人は崩れた恰好のまま、嗄れた声を張り上げた。

藤蔵も顔を向ける。青木は黒い手帳を出して、開いて見せた。

「警視庁捜査一課一係の青木と云います。こちらは同じく——木下です」

「警察だァ？」

床の間の前の老人はわたわたと畳を掻くようにして、声を振り絞った。

「警察が、な、何の用だッ。莫迦莫迦しい、真逆、お前達、この女どもの妄言でも信じたのかッ。この愚か者どもめッ」

「いいえ、違います」

青木は親子を見比べるようにした。

「先程、天津敏子さんと葛城コウさんが警視庁に出頭されたんですよ」

「な、何だって？」

藤蔵の顔から血の気が引いた。

「どちらも亡くなったことになっていますからね。これは看過出来ません」

知ったことかと老人は虚勢を張った。

「騙りだ。そんなもの、騙りに決まっておるわ。敏子の名を騙る何処かの詐欺師だろう。くだらん。天下の警視庁ともあろうものが、そんな、女なんかの虚言に惑わされるのかッ」

「詐称する理由が判りませんからね」

「こ、この天津家の家名に泥を塗ろうとでも云う腹積もりだろう。女の分際で、どうせくだらん雑誌か何か読んで思い付きよったんだろうが――」

家名に泥を塗っているのはあなた達ですよと青木は云った。

「天津宗右衛門さん、あなたは殺人未遂罪で告発されました。勿論、天津敏子さんにです。それから、あなたが斬り付けた若い衆四名も、暴行傷害罪で告訴したいと云っていますが」

老人は両手を後ろに突いた。

「先程、この家の前で聴取したのですが、告訴すると云っている若い衆は壙掘りを手伝ったことも証言してくれました。彼等は凡のことは察していたようで、共犯にされるのではないかとかなり怯えていた。ですから何もかも包み隠さずに供述してくれました。天津藤蔵さん、あなたは——殺人容疑で逮捕します」

連行しろと青木が云った。

警官が駆け寄ると、藤蔵は温順しく従った。

老人の方は見苦しく暴れた。

「ぶ、無礼者。離せッ」

警官の手を振り解く。ただ、立ち上がることは出来ないようだった。

「儂を誰だと思うておるか。儂は、警察高官にも顔が利くのだぞ。この木っ端役人め等が、離せ。儂は何もしておらんわ。離さんか。お、お前達の首を飛ばしてやるから覚悟しろ」

「お止めくださいみっともない。これ以上の恥の上塗りは、同じ男として、いや人間として見るに堪えない。お願いですから年長者としての品格威厳を示してください」

生意気なことを云うなと掠れ声で叫び、老人は足掻いた。

「何も、何もしておらんぞ儂は」

「困りましたね。既に公務執行妨害ですよ。どの程度警察内部にお友達がいるのか知りませんがね、天津さん。警察機構は法の下、万民に公正公平ですよ。こちらの地元の八王子警察も承知のことです。警視庁は」

そこまで腐っていませんからと、青木は云った。

老人はまるで捕まえられた小動物のようにじたばたし乍ら、警官達の手で広間から引き摺り出されてしまった。木下と紹介されたずんぐりした刑事は、青木に向けて軽く片手を挙げて、連行される二人を追って退出した。

喧騒は去った。

美由紀と、敦子と美弥子と、青木が残った。

途端に、何だか涙が止まらなくなって美由紀は美弥子に縋って、正においおいと泣いてしまった。どう云う感情が何処から涌いて出たのか、美由紀自身にもさっぱり判らなかった。

「泣いてくださるのですね。ワンちゃんに代わってお礼を申し上げます」

美弥子がそんなことを云うので、益々涙は止まらなくなった。

「とんだ天狗の鼻折れですよ」

天津親子が去った方向を眺めて、青木は誰に云うでもなくそう呟いた。

「天津敏子さんと葛城コウさんは――」

敦子が問うと青木は今朝一番で出頭して来ましたと答えた。

「自分達は死んではいない――と。いや、気付かない訳がないですよ、こんな杜撰な計画。雑誌は兎も角、新聞にだって載ったんですからね。口裏を合わせていたと云うならまだしも、二人は本当に逃がされただけだったようですし。都内の商人宿にいたらしいですが。いや、自分の死亡記事が出れば普通は某か察するでしょう。呉さんの云った通りですよ」

「云った通りって」

聞いていたんですかと美由紀が涙声で問うと、青木は頭を掻いた。

「いや、踏み込もうと思ったら何処かで聞いたような声が聞こえて来たので、入り難くなってしまって。ついつい立ち聞きしてしまいましたよ。真逆、敦子さん達がいるなんて思いませんからね。驚きました」

すいませんでしたと敦子は頭を下げた。

「出過ぎた真似をしたようです」

「まあねえ。実は、八王子の警察内部でも怪しむ声は上がっていたんです。ただ親族が断定している以上、何か確実な証拠でも上がらない限り踏み込んだ捜査は出来ませんからね。ご遺体も茶毘に付されていますし。迦葉山で発見されたご遺体や、秋葉さんの失踪と結び付けることもされていなかった。あの陥穽だってそうです。こんな穴だらけの無茶な計画だったと云うのに、皆さんがいなければこのまま闇に葬られていたかもしれませんよ」

そう云う意味ではお手柄ですと青木は云った。

「でも」

敦子は云う。

「こんな結末なら、天狗に攫われてたと云う方がまだ良かったかもしれないと思わないでもないですよ。天狗って、攫ってもいずれ戻してくれたりもするんでしょう」

是枝さんも秋葉さんももう戻りませんと敦子は云った。

「それに、出頭して来た敏子さんと葛城さんの気持ちを思うと――遣り切れなくなります。彼女達のこれからは茨の道です」

そうと決まった訳でもありませんわよと美弥子が云った。

「この美由紀さんのような人だっているのですから、まだまだ捨てたものではありませんわ。勿論、今の世の中はまるで駄目です。考えなくてはいけないことは山積みですわ。敦子さんは楽観も悲観もされないのでしょうけれど――わたくしはこのような性格ですから」

今はやや楽観したい気持ちですと、美弥子は結んだ。

敦子はそうですねと云って美由紀の肩を軽く叩いた。

「まあ、美由紀ちゃんの啖呵を聞くのはこれで三回目だけど、既に堂に入った感じだよね。あのお爺さん、かなりダメージを受けてたし」

「わ、喚いただけですよ」

振り向くと、少しだけ微笑んだ敦子が半巾を差し出していた。

「でも、犯人の許に直接乗り込むなんて危険なことは、もう止めてくださいよ敦子さん。そちらのお二人もです。今回は僕達が間に合ったから良かったけれども、これは偶然ですからね。僕等が来ていなければ何をされていたか判りませんよ。しかも未成年まで巻き込んで」

そこは反省していますと敦子は頭を下げた。

「そうですわねえ」

今回に限っては平気だったと思いますけれどと美弥子は云った。

「勝ち負けで表現したくはないですが、あのご老体には負けた気がしません」

「いや、無事で済んだとしても敦子さんの兄上に叱られますよ」

それは恐いわと美弥子は云った。

「まあ、何もしなくても兄貴は怒りますからね。今回は高尾山の天狗様に免じて赦して貰いましょう」

敦子がそう云うと、天狗様の誘拐容疑を晴らしてあげたのですものねえと美弥子が続けた。そして、笑った。

美由紀も、少し笑った。


（了）

主な参考文献

『鳥山石燕　画図百鬼夜行』　高田衛　監修／国書刊行会
『天狗名義考』（未刊・稀覯書叢刊第一輯）諦忍／壬生書院　※
『武州高尾山の歴史と信仰』　外山徹／同成社
『高尾山薬王院の歴史』　外山徹／ふこく出版

※この作品は、作者の虚構に基づく完全なフィクションであり、登場する団体、職名、氏名その他において、万一符合するものがあっても、創作上の偶然であることをお断りしておきます。

初出：「小説新潮」二〇一八年十月号〜一九年三月号
文庫化にあたり、加筆修正を行った。

今昔百鬼拾遺　天狗

新潮文庫　き－31－51

令和元年七月一日発行
令和元年八月二十日四刷

著者　京極夏彦
発行者　佐藤隆信
発行所　株式会社新潮社

郵便番号　一六二―八七一一
東京都新宿区矢来町七一
電話　編集部(〇三)三二六六―五四四〇
　　　読者係(〇三)三二六六―五一一一
https://www.shinchosha.co.jp

価格はカバーに表示してあります。

乱丁・落丁本は、ご面倒ですが小社読者係宛ご送付ください。送料小社負担にてお取替えいたします。

印刷・大日本印刷株式会社　製本・株式会社植木製本所

ISBN978-4-10-135353-1 C0193